1109

Beate Thalberg

Die Doppelte Frau

Kommen Sie nur näher. Sie werden mich auf den nächsten Seiten kennenlernen. Falls Sie danach mehr über Betty Steinhart erfahren wollen, blättern Sie auf Seite 174.

Auf Seite 186 finden Sie Hintergründe zu den Fotografien. Sie alle stammen aus dem Atelier Photo Ellinger.

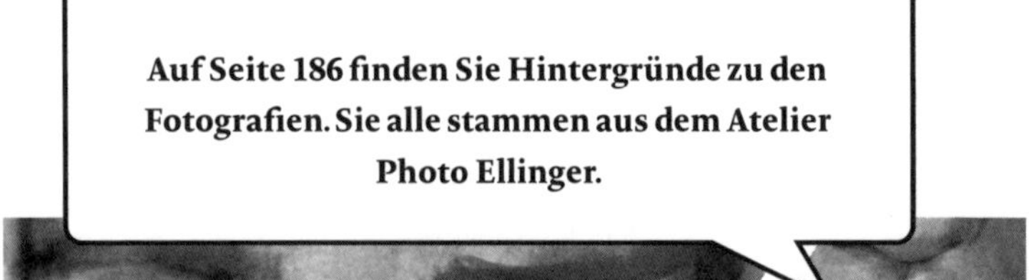

BEATE THALBERG

DIE DOPPELTE FRAU

UND DAS RÄTSEL BETTY STEINHART

MOLDEN

»Sie fühlen sich sicher und haben Ihr Leben im Griff? Schön. Das wird sich bald ändern. Nichts an diesen Bildern ist zufällig. Erkennen Sie es? Diese Fotos verbergen ein großes Geheimnis. Und niemand hat es bemerkt.«

Max

Hätte ich mich an diesem Vormittag meinen Geschäften gewidmet, so wie jeden Tag, wäre mein Leben nicht vollkommen aus der Bahn geraten. So aber gab ich einem völlig durchschaubaren Lockruf nach, den nur ich nicht durchschaut hatte, und machte mich auf den Weg in die Salzburger Innenstadt.

Die erbarmungslose Frühlingssonne hatte den Schnee geschmolzen, der sich zuvor, sanft wie ein Totentuch, über die Wunden der Stadt gelegt hatte. Das Skelett der Bürgerspitalskirche ragte aus dem Stein. Schutthaufen in den Gassen, wo Menschen einst ihre lächerlichen Träume von einer bürgerlichen Zukunft eingerichtet hatten. Ab und zu fanden Kinder jetzt Leichen darin. »Sie fühlen sich sicher und haben Ihr Leben im Griff? Schön. Das wird sich bald ändern«, stand in diesem Brief ohne Absender. Er lag in einem Koffer voller Fotos, den mir irgendwer geschickt hatte. »Nichts an diesen Bildern ist zufällig. Erkennen Sie es? Diese Fotos verbergen ein großes Geheimnis. Und niemand hat es bemerkt.« Die Aufnahmen wurden in Salzburg gemacht, das war nicht zu übersehen. Der Domplatz, eine Probe des »Jedermann« in den 20er-Jahren. Exaltiert lachende Menschen auf der Straße, vielleicht Schauspieler. Ich kannte sie nicht, ich gehe nicht ins Theater. Nur ein Bild fesselte meinen Blick. Eine junge Frau schiebt ein Fahrrad über den Kapitelplatz. Dunkles Haar, offener Blick. Ihre Kleidung verriet die 1910er-Jahre. Ich nahm zwei, drei Fotos und steckte sie in mein Jackett.

Auf einem Trümmerberg beim Alten Rathaus stand noch ein Sofa, ich war mir sicher, auf meinem Rückweg würde es dort nicht mehr sein. Verlangen Sie nicht von mir, dass ich irgendeinem Gebäude hier nachtrauere, schon gar nicht dem zertrümmerten Geburtshaus von Mozart. Der Salzburger Barock interessiert mich nicht, und diese Stadt wird nicht von Mozart regiert. Es sind drei, vier Familien, die sich hier seit Jahrhunderten alles aufteilen: die Bankengeschäfte, die nicht minder schmutzige Politik, die Festspiele und alles, womit sich Gewinn machen lässt. Ihre verwandtschaftlichen Verbindungen reichen hinunter zu Bierbrauern, Hoteliers, Trachtenhändlern, den Gewerkschaften. Das ist alles, was man über Salzburg wissen muss. Vielleicht noch dieses: Bricht ein Machtkampf zwischen ihnen aus, halten sie es wie einst das österreichische Kaiserhaus: Sie führen keinen Krieg gegen ihre Feinde. Sie heiraten sie.

Auf der Staatsbrücke schaute ich mich kurz um, aber mir folgte niemand. Noch immer prangte hier in Stein gemeißelt eine Inschrift der Nazis: Dr.-Todt-Brücke. Doch, sie hatten Humor, die Deutschen. »Kommen Sie, wühlen Sie sich durch das Rätsel.« Ich hatte diesen Brief drei Mal gelesen und wurde nicht schlau daraus, »Vielleicht werden Sie dabei den Glauben an das Gute verlieren. Vielleicht Ihr Leben. Aber beschweren Sie sich nicht. Sie sind doch freiwillig hier, in diesem Fall. Oder?« Schreibmaschinenschrift, kein persönlicher Hinweis, nur das Datum und ein Treffpunkt. Der Österreichische Hof.

Das Hotel gehörte den Amerikanern, wie zu dieser Zeit so ziemlich alles in Salzburg. Selbstverständlich kamen diese drei, vier Familien gut mit ihnen aus und behandelten sie wie alle Fremden: Sie ließen sie in aller Freundlichkeit gnadenlos im Unklaren. Das wussten die Amerikaner aber nicht, und deshalb ging es ihnen gut. Auch in ihrem Hotel. Nichts hier hatte auch nur irgendetwas mit dem realen Leben in der Stadt zu tun. Es gab Hühnerragout, Cakes und echten Kaffee im Überfluss. Die Band am Samstag war »big«, und das Selbstbewusstsein sowieso. Wissen Sie, warum alle amerikanischen Soldaten gut aussehen? Weil sie so jung sind! Keiner über 30, strahlend weiße Zähne, strotzend vor Gesundheit. Dabei gehen sie niemals zu Fuß. Ein Wunder, dass sie sich hier von der Rezeption zum Lift nicht auch mit dem Jeep fahren lassen.

Ein warmer Hauch aus Nähe und Distanz lag in der Lobby. Es gibt wohl keinen Ort, an dem intime Dinge wie Abschied, Zähneputzen oder eine heimliche Affäre so direkt auf Fremdheit und Flüchtigkeit stoßen wie in einem Hotel. Erwartung und Gleichgültigkeit lehnen stets gemeinsam an der Bar. »Sie möchten bitte noch ein wenig warten, man lässt dann nach Ihnen schicken.« Das Faktotum des Hauses hatte zu mir gesprochen. Herr Franz, jeder wusste es, handelte von seiner Rezeption aus mit amerikanischen Zigaretten, Salzburger Frauen und russischen Informationen. In seiner gespielten Unterwürfigkeit besaß er weit mehr Macht als die neuen Drahtzieher oder die alten drei, vier Familien, aber man ließ ihn gewähren. Herr Franz war nützlich. Für alle.

Zwei Stars & Stripes-Flaggen waren am Rand der Halle eingepflanzt, schräg zueinander, als würden sie für eine Revue posieren. Überall Zeichen. Rang, Name, Unbescholtenheit. Zu wem gehörst du? Zu den Amerikanern, Russen, Franzosen? Zu den Ex-Nazis? Du, die du an mir vorbeigehst und mich mit leeren Augen anblickst, bist du Salzburgerin, Displaced Person, entlassene Gefangene? Unermüdlich erzählten mir die Hotelgäste Geschichten. Durch ihre billige Straßenkleidung, die einmal gut gewesen war, vorm Krieg. Durch ihre amerikanischen Uniformen und tadellos geputzten Schuhe, die ja ohnehin nur dazu da waren, mitsamt den Füßen auf irgendwelche Tische gelegt zu werden. Durch eine Aktentasche. Sollte sie den gehobenen Berufsstand vermitteln? Das Buch in der Hand. Nur die vom Lebenskampf Verschonten haben Zeit zu lesen. Wer war in diesen Tagen verschont? Die Menschen mit ihren wenigen Habseligkeiten wussten, womit sie sich schmücken mussten, um abzulenken. Denn im Salzburg des Jahres 1946 war alles gelogen.

Eine Weile zu warten war mir einerlei. Während die gesamte Stadt von früh bis spät mit dem Auftreiben des Nötigsten beschäftigt war – Essen, ein Dach über dem Kopf, eine Unbescholtenheitserklärung –, war ich versorgt. Die Tage tropften dahin, die Geschäfte liefen. Es gab für jede Situation in meinem Leben eine Lösung, meist lag oder stand sie an einer Bar. Ich schnappte mir das halb ausgetrunkene Whiskyglas, das irgendwer stehen gelassen hatte, der sich so etwas leisten konnte, und blätterte lustlos in den »Salzburger Nachrichten«. Einzig die Heiratsanzeige einer jungen Frau interessierte mich. »Kleine Wohnung vorhanden, zwei CARE-Pakete pro Monat.« Na bitte, eine gute Partie. Vielleicht sollte ich ihr schreiben. Schreiben. Der Brief, der Koffer, die Fotos. Wer steckte hinter all dem? Wahrscheinlich ein Ami, ein Emigrant aus Salzburg. Oder ein russischer Spion? Ein Brief verrät keinen Akzent.

»Papiere!«, riss mich ein GI aus meinen Gedanken, unterer Dienstgrad. Betont langsam zog ich meinen Ausweis in allen vier Besatzungssprachen hervor und übergab ihn, ohne mein Gegenüber anzusehen. Das hatte ich gelernt in den Jahren 38 bis 45. Wie man sich wann verhält und so aus jeder Situation lebend herauskommt. Darüber könnte ich viel erzählen. Versuchen Sie es gar nicht erst. Über diese Zeit spreche ich nie.

»Buddy, du weißt, warum ich dich jetzt mitnehmen muss?«, fragte der untere Dienstgrad.

»Ich habe nicht die geringste Ahnung.«

Er packte mich am Schlafittchen und presste zwischen seinen makellosen Zähnen hervor: »Du weißt es genau, und du weißt noch viel mehr.«

»*Any problem*, Sergeant?« Harry J. Collins stand vor uns. General Collins, Chef der amerikanischen Streitkräfte in Salzburg. Dabei wanderten seine flinken Pupillen zwischen dem unteren Dienstgrad und mir hin und her. Seine Augen sind schneller als sein Colt, dachte ich. Harry hatte seine besten Tage hinter sich. Er war um die 50, das Gesicht etwas aufgedunsen, fast bullig die Statur. Das Milchgesicht knallte die Hacken zusammen wie ein Wäschermädl bei der Bauernpolka. Ich musste jedes Mal grinsen, wenn ich die Amis in Zweier- oder Dreierreihen durch die Stadt stolpern sah. Das konnten die zehnjährigen Pimpfe besser. Nur Hollywood-Harry hatte Charisma. Der General lebte gern auf großem

Fuß und ließ sich mit einer Motorrad-Eskorte durch die Stadt kutschieren. Ich bediente seine Eitelkeit mit der Bewunderung des Jüngeren und versorgte ihn mit der einen oder anderen lokalen Rarität aus dubioser Quelle. Harry hatte das kriminelle Milieu von Salzburg nie wirklich begriffen. Wir kamen gut miteinander aus.

Ein junger Page erschien, kaum 15, schob seinen albernen Hut nach hinten und faselte aufgeregt, mit der Hand auf mich deutend: »Ich soll den Herrn auf Zimmer 106 führen.« »Na dann«, wechselte der General ins Deutsche und zu mir. Er wies seinen Untergebenen und den Pagen weg. »Ich werde Sie begleiten.« Etwas benebelt vom Whisky folgte ich ihm. Er kannte sich hier bestens aus. Vor einer Tür blieb er stehen und wurde ernst. Nach seinem nicht zu leisen, nicht zu lauten Klopfen öffnete sie sich. Vor uns stand eine blonde Frau.

Ich musste wegsehen, um mich von ihrer Attraktivität nicht an das Ende des Hotelflurs zurückwehen zu lassen. Als Harry mir ins Zimmer folgen wollte, schob sie ihn sanft zurück. »Sie wissen doch, Officer, ich komme gut allein zurecht.« »General«, stammelte der und war weg. Endlich.

Eva

Fünf Sekunden. Länger dauert es nicht, bis ich einen Menschen einschätzen kann. Als dieses Exemplar in mein Hotelzimmer stolperte, wusste ich sofort die Kategorie, in die ich ihn stecken musste: harmloser Gauner. Misstrauisch. Zweimal hatte er sich während unserer Konversation zur Tür umgeblickt. Völlig grundlos. Er war jünger als ich, vielleicht Ende 30. Ein fast zu guter Glencheck-Zweireiher für einen dahergelaufenen Österreicher. Dass er kein Privatdetektiv war, wie er frech im Telefonbuch behauptete, war ihm drei Meilen gegen den Wind anzusehen. Er kam sich schlau vor. Gut so.

»Und?«, fragte ich, als ich ihm einen Brandy eingoss und das Glas hinüberschob. »Haben Sie etwas für mich? Sie waren doch sicher schon erfolgreich, hm?«

»Allerdings. Ich habe einiges herausgefunden über diesen Knaben, diesen Carl Ellinger.«

»Ich will alles über ihn wissen. Wer war er? Wie sind die Bilder entstanden?«

Er beugte sich eine Spur zu weit zu mir herüber und fragte: »Warum interessieren Sie diese Fotos?«

»Keine privaten Fragen.«

Er sank in seinen Sessel zurück. »Na schön, Carl Ellinger ist ausgewandert, 1916 nach Kanada.«

Gereizt stand ich auf. Warum machte der Kerl nicht einfach seine Hausaufgaben? »Ach, und wer hat dann all diese Fotos gemacht? Es ist sein Namensstempel drauf.« Ich schob ihm Bilder über den Tisch. »Hier, alles Fotos von den Salzburger Festspielen. Und die gibt es bekanntlich erst seit 1920. Was sagen Sie dazu?«

»Erst einmal nichts.«

Resigniert setzte ich mich wieder. Ohne besonderes Interesse ging er die Fotos durch. Ich schob ihm ein weiteres zu, das mir viel bedeutet. Eine junge Frau, ihr dunkles Haar zu zwei Schnecken über den Ohren aufgerollt, ernster, aber offener Blick. Er schwieg. Sollte dieser Pseudo-Schnüffler recht haben, war Carl Ellinger ein Betrüger.

»Da stimmt etwas nicht an Ihrer Ellinger-Geschichte, haben Sie das wirklich gut recherchiert?« Jetzt bekam er ein bisschen schlechte Laune. Mürrisch rückte er sich auf seinem Sessel zurecht. Ich sah ihn erst recht unverwandt an. Er hielt dem Blick stand. Tapfer. Hatte er nun blaue oder graue Augen? Etwas Grün war auch drin, wenn sie die Sonne reflektierten, die durchs Fenster schien.

»Wie heißen Sie eigentlich?«, unterbrach er meine Erkundungen.

»Eva«.

»Eva. Und Eva wie? Ich meine, wie noch?«

»Ist das wichtig?« Ich stand auf und zündete mir eine Zigarette an, um dem Ganzen wieder die richtige Richtung zu geben.

»Sie sollten nicht rauchen, Engel, Sie ruinieren Ihr Herz.«

»Ich ruiniere dauernd mein Herz. Ich hab schon gar keins mehr.«

»Na fein, da hab ich doch schon etwas über Sie erfahren. Sehen Sie, das ganze Chaos hat auch sein Gutes. Sie können sich völlig neu erfinden. Das machen jetzt alle. Juden legen ihre jüdischen Namen ab, Nazis legen sich einen zu. Männer lassen sich für tot erklären, um mit ihrer Geliebten zu leben. In Maxglan haben sie einen hochgehen lassen, der ...«

»Solche Geschichten interessieren mich nicht.«

»Engel, brauchen Sie einen Pass? Ich kann Ihnen so etwas besorgen.«

»Ich will es logisch, klar und schnell. Und Ihr Engel bin ich nicht.«

Als ich später die Gardine an meinem Fenster etwas zurückschob, um mir dieses Exemplar noch einmal aus der Ferne anzusehen, tat er mir fast leid. Ich würde ihn ein wenig im Kreis herumschicken. Die Sonne würde ihm guttun. Ich würde ihn beobachten und seine Fortschritte verfolgen. Wenn nötig, würde ich eingreifen und sicherstellen, dass alles nach Plan verlief. Ich war entschlossen, mein Ziel zu erreichen, koste es, was es wolle. Ein Klopfen an meiner Tür riss mich aus meinen Gedanken. Dieser Besuch würde weitaus schwieriger werden.

Harry

Genießen Sie nur ein wenig die Sonne. Wir Amerikaner sind gut im Genießen. Wir haben das nach Europa gebracht. Ich erinnere mich an diesen Tag im Hotel. Was danach bei Max und Eva passierte, kann ich nicht sagen. Ich musste in unser Headquarter, denn mir wurde überraschend ein Anruf meines Vorgesetzten General Clark avisiert. Noch ein Ärgernis. Sie müssen wissen, für einen Chef der amerikanischen Streitkräfte in der österreichischen Provinz bestand damals jeder Tag aus Ärgernissen. Der Chauffeur erschien mit meinem Dienstwagen, und wir preschten los. Auf der Fahrt ging ich einige wenige von mindesten 20 Ärgernissen durch, für die ich schleunigst eine Lösung finden musste.

Allein die Wohnungsnot. In dieser Stadt lebten vor dem Krieg 60 000 Menschen. Jetzt etwa 80 000. Ein Drittel hatte eine winterfeste Behausung. Ein anderes Drittel wohnte in Lagerbaracken. Gestrandete oder ehemalige Nazis. Der Rest vegetierte in Splittergräben, Kellern oder Ruinen. Viele hatten nicht einmal das. Kein Heizmaterial für die Schulen, ständig Stromsperren, wir bekamen das Leben hier nicht in Gang. Aufbau war meine Aufgabe. So etwas wie eine neue Moral musste in die Köpfe der Leute. Wenn Sie mich fragen, für Moral hatte damals niemand einen Penny übrig. Es ging ums nackte Überleben.

Meine 42. Infanteriedivision hatte das Konzentrationslager Dachau mit befreit. Sie wissen schon, die berühmte Rainbow Division. Seit dem 23. August 1945 hatten wir das Kommando in Salzburg. Wir hatten Geschichte geschrieben. Jetzt schrieb ich langweilige Berichte und ärgerte mich mit dem Verteilungsamt für Lebensmittel herum.

Eva fiel mir ein. Unsere erste Begegnung. Sie stand in meinem Büro und sah mich schweigend an. Niemand wusste, wie sie an den Sergeants vorbeigekommen war. Mager, mit ihrem strähnigen, dunklen Haar, mindestens zwei Wochen nicht gewaschen. Ihre schäbige Kleidung und, wie ein Witz, dieser mondäne Pelzmantel darüber. Weiß der Teufel, wo sie den herhatte. Seit diesem Tag kümmerte ich mich um sie. Ich hatte es bald aufgegeben, ihr Fragen zu ihrem Woher und Wohin zu stellen. Hören Sie, ich bin ein durch und durch hartgesottener Mann des Militärs, aber als Eva in meinem Büro weinte, hatte ich dem nichts entgegenzusetzen. Und so tat ich etwas, das gegen meine Prinzipien, meinen militärischen Ehrenkodex und jede Moral verstieß: Ich ließ ihren schlecht gefälschten Pass gegen eine handwerklich tadellose Arbeit austauschen, erklärte sie zur »erwünschten Person« der amerikanischen Streitkräfte in Österreich und besorgte ihr auf Staatskosten ein Zimmer im Österreichischen Hof.

Manchmal verhielt sich Eva wie eine ganz normale Frau, aber das meiste an ihr war seltsam. Als ich sie beobachtete, wie sie ihren Koffer auspackte, war darin nur ein kleines Etui mit einer Zahnbürste. Nicht einmal Wäsche. Dafür unzählige Fotografien. Ich hatte versucht, sie aufzumuntern, und scherzte, dass sie wohl eine recht große Verwandtschaft habe und ob die auch noch alle ein Zimmer im Hotel bräuchten. Evas kalter Blick hatte etwas so Unerbittliches gegen sich selbst, etwas so Endgültiges, als würde sie nie mehr glücklich sein. Sie versank vollständig in ihr Inneres, wie in einen eisigen Krater. Ich hätte mich ohrfeigen können. Wahrscheinlich hatte sie ihre gesamte Familie verloren. Und ich, dem sie wahrhaft leidtat, hatte ihr eine völlig unnötige Grobheit angetan.

Ein Motorrad, das uns knatternd überholte, riss mich aus meinen Gedanken. In zehn Minuten würde General Clark anrufen. Ich bat den Fahrer, auf die Tube zu drücken. Er überfuhr zwei Stoppschilder und beinahe einen Fußgänger. Der regte sich fürchterlich auf und schickte uns eine Drohung hinterher. Es war mir völlig egal, dass er sich wahrscheinlich schriftlich beim Magistrat über den schroffen Fahrstil der Amerikaner beschweren würde. Für so etwas haben nur Menschen Zeit, denen es an nichts mangelt. Mein Herz schlägt für die anderen.

Mit diesen Fotos war Eva völlig manisch. Sie suchte ständig neue Verstecke dafür und bewachte sie wie Kronjuwelen. Ich bewachte Eva. Ließ sie observieren. Es war noch immer möglich, dass sie einen Fehler begangen und sich den Russen überreicht hatte. Zwei Wochen lang verließ sie das Hotel nicht. Ich schickte ihr ein Kuvert mit 50 Dollar und eine Friseurin. Einige Tage später erschien sie im Offizierscasino. Ich bemerkte es nur, weil auf einmal alle in eine Richtung starrten. Ihr Haar war platinblond und in Wellen gelegt. Sie trug ein eng anliegendes, kühl seidenes Abendkleid. Fast hätte ich sie nicht erkannt. Als sich unsere Blicke trafen, verspürte ich einen Schmerz. Bei wirklicher, allumfassender Schönheit verspüre ich den immer. Sie können sich vorstellen, dass ich nichts mit der Schönheit zu tun haben will. Ich verstehe sie nicht und ich halte sie für eine überflüssige Laune der Natur.

Der General war gut gelaunt am Telefon.

»Harry, wie geht es Ihnen, alter Knabe?«

»Immer wie die anderen wollen«

»Ah, dieser Spruch steht Ihnen gar nicht, Harry.« Seine Stimme wurde ernst und vertraulich: »Hören Sie, ein Spezialauftrag. Wir schicken Ihnen einen Zug nach Salzburg mit Kriegsbeute der Deutschen aus Ungarn, die sie noch um die Ecke bringen wollten.«

Warum erst jetzt?, fragte ich mich, während Clark weitersprach, der Krieg war seit fast einem Jahr vorbei.

»Wir haben den Zug in einem Nest im Pongau beschlagnahmt. Warten Sie, Werfen heißt der Ort. Wahrscheinlich Waffen, wir untersuchen das gerade.«

»Verstehe.«

»24 Güterwagen. Sie sind mir persönlich dafür verantwortlich, dass kein Waggon, kein Projektil verschwindet. Verstanden?«

»*Yes, Sir*, verstanden.« Er legte auf.

Woher sollte ich die Leute nehmen, um einen Zug mit 24 Waggons zu bewachen? Über so etwas denken Vorgesetzte nicht einmal nach. Mir fiel ein, dass ich vergessen hatte, Max observieren zu lassen. Ich hatte ihn Eva zugespielt als Privatdetektiv, der er nicht war. Mir war es ganz recht, dass beide einander von nun an im Blick hatten und ich so jederzeit erfahren konnte, was der andere trieb. Heute würde Max schon nichts mehr anstellen. Schon am nächsten Tag klebte ihm einer meiner Männer an den Fersen.

Photo Ellinger

Seit diesem Tag im Hotel, als ich Eva das erste Mal gesehen und sie mir ihren Auftrag präzisiert hatte, verfiel ich in eine dumme Angewohnheit. Immer, wenn sie nicht bei mir war, unterhielt ich mich mit ihr in Gedanken. Jetzt in etwa so: »Haben Sie alles dabei? Ihren Passierschein, die Identitätskarte, Lebensmittelkarten, Wohnungsschein, Arbeitsbescheinigung, Arbeitsunfähigkeits-Bescheinigung, die Raucherkarte für den Tabakbezug, Kleiderkarte, Sonntags-Fahrbewilligung für Kraftfahrzeuge? Sie haben kein Kraftfahrzeug. Gut. Ich auch nicht. Und auch ich habe all diese Scheine nicht. Wir sind also frei.« Ich sah ihr ironisches Lächeln statt einer Antwort vor mir. Sie wollte mich also testen. Alles, was ich herausbekommen sollte, konnte sie auch im Stadtmuseum erfahren. Gut. In zwei Tagen würde ich alles über sie wissen. Beim »Äußeren Stein« sprang ich von der noch fahrenden Roten Elektrischen. Den Rest der Strecke wollte ich zu Fuß gehen. Auf der Imbergstraße kam mir ein älteres Paar entgegen, das einen Leiterwagen mit seinen Habseligkeiten hinter sich herzog. Sie sahen zufrieden aus. Vielleicht hatten sie eine feste Bleibe gefunden. Ich bog in Richtung Mozartsteg zum Kai ein. Zwei Männer angelten in der Salzach. Auf einer Bank saßen GIs und schauten den Mädchen nach. Hier muss sie auch immer wieder vorbeikommen auf dem Weg ins Hotel. Vor dem Landestheater war ich alle Gedanken an Eva los. Ich zündete mir eine Zigarette an und betrachtete das Werk stolzer Baumeisterkunst gegenüber.

Drei Stockwerke. Gründerzeit. Südseitig zum Fluss gelegen, im Norden Teil der rastlosen Schwarzstraße. In der zweiten Etage fehlten einige Scheiben im riesigen Atelierfenster. Es erstreckte sich über die gesamte mittlere Häuserfront und bestand aus vielleicht hundert kleinen Glasquadraten, alle in Metall gefasst. Darüber eine Fensterreihe, die mit ihren schweren Vorhängen auf ein besseres Leben dahinter deutete. Im Erdgeschoss das Geschäft. Ein kleiner Eingang mit anspruchslosem Schild: Photo Ellinger. Zeichen. In zwei Schaufenstern hingen Portraits, Hochzeitsfotos und Bilder vom Defilee der Luxuskarren vor dem Festspielhaus. Einfach an einer Schnur befestigt, wie Wäsche an einer Leine. Das verbreitete seriellen Frohsinn. Da ich für so etwas nichts übrighabe, wandte ich mich ab und eroberte diesen Ort wie jeden anderen auch. Über die Hintertür.

Ich umrundete das Haus an der linken Seite und befand mich bald in einem Garten mit den vertrockneten Resten des letzten Sommers. Eine Schaukel und ein Wäscheplatz träumten Friedlichkeit. Im Seiteneingang mit kleiner Treppe lehnte ein Teppichklopfer, darüber ein Glasdach, das in Schmiedeeisen gefasst war. Eine ältere Frau mit einer Einkaufstasche trat aus der Tür, ich griff zu meinem Taschentuch und schnäuzte mich, um Zeit zu gewinnen. Sie sprach mich an. Ich musste meinen Plan ändern.

HOF KUNST ANSTALT FÜR PHOTOGRAPHIE
CARL ELLINGER

Rasselnde Türglocken haben etwas Feierliches. Wie eine Fanfare begrüßen sie den Gast. Ich speicherte nur ab, dass eine diskrete Eroberung des Ateliers über den Haupteingang nicht möglich war. Kaum hatte ich das Geschäft betreten, hörte ich das »Komme gleich!« einer Stimme, die ich weder als männlich noch weiblich einordnen konnte. Ich sah mich um. Rote Samtvorhänge, holzverkleidete Wände und ein langer Verkaufstisch aus Eiche. So schwer, dass ihn sechs Männer nicht davontragen könnten. Auch die Stille, durch die wenig Straßengeräusche drangen, erinnerte mich an einen Tagesbesuch in einem Etablissement nahe der Riedenburger Kaserne. Mein Blick fiel auf ein Bild an der Wand. Darauf ein Mann mit Bart und kleinen Augen hinter einer runden Brille, flankiert von zwei jungen Kerlen in Militäruniform. Der Mann saß auf genau jener Holzbank mit der Rückenlehne aus Seilgeflecht, die unter dem Bild stand. »Sigmund Freud, mit seinen Söhnen.« Vor dem Puff-Vorhang war ein junger Mann in einem Kittel erschienen. Wie ein Zauberer in einem Zirkus. Er hatte keinen Bartwuchs und gehörte zu den Glücklichen, die nicht mit 17 oder 18 an der Front verheizt worden waren. »Professor Freud hat hier noch eine Fotografie machen lassen, bevor die Burschen eingezogen wurden. Im Ersten Krieg.«

Ambitionierte Hilfskraft, dachte ich und sah ihm zu, wie er den Verkaufstisch umrundete. Sichtlich um eine erwachsene Wirkung bemüht.

»Bitte, der Herr, was kann ich für Sie tun?« Ich zögerte.

»Ein Portrait für die werte Gattin, vielleicht ein Hochzeitsbild oder ..., falls Sie noch nicht, ... ein Passbild?«

»Kann ich das obere Stockwerk einmal sehen?«

Der Kopf des jungen Mannes fuhr zurück.

»Warum?«

»Es interessiert mich.«

»Das alte Lichtatelier? Nein, ich glaube nicht. Da fliegen die Tauben hinein, wird ja schon ewig nicht mehr benutzt. Unsere Apparate sind inzwischen weitaus lichtempfindlicher. Wollen Sie nicht doch eine Atelieraufnahme versuchen, der Herr?« Ich konnte ihm beim Denken zusehen. »Was wollen Sie mit einem Lichtatelier, sind Sie Fotograf?«

Ich holte schnell die Fotos aus meiner Jacketttasche, die ich aus Evas Koffer gefischt hatte.

»Aber nein, ich glaube nur, dass die hier bei Ihnen gemacht wurden. Schauen Sie, die sind doch aus Ihrem Atelier, oder?«

Der Assistentenblick prüfte die Bilder fachmännisch, verweilte auf dem Atelierstempel. »Offensichtlich. Ist aber schon a Zeitl her, da war ich noch gar nicht geboren.«

Ich auch kaum, du Grünschnabel, dachte ich und sagte: »Ist der Herr Ellinger im Haus?« Ich ließ es so klingen als ob ich Ellingers bester Freund sei.

»Der Herr Ellinger?«, erschien plötzlich eine junge Frau durch den Vorhang. »Den gibt es hier schon lange nicht mehr.« So schnell wie sie da war, war sie auch schon wieder verschwunden. Nicht ohne einen Berg frischer Fotoabzüge mit Zetteln auf dem Verkaufstisch zu hinterlassen. Der Assistent sortierte die frische Ware in Papiertaschen.

»Wo ist er denn, der Herr Ellinger?«, rief ich der Frau nach. Sie antwortete nicht. Hinter dem Vorhang lösten sich ihre flinken Schritte mit dem schwereren Gang einer anderen Person ab.

»Ich meine, ist der Chef da?«, wandte ich mich wieder an den jungen Mann. Der erhob sich aus seiner gebeugten Haltung über den Fotos und sah mich an.

»Sie meinen wohl die Chefin.«

»Ja, ist sie da?« Ohne ein Wort verschwand er hinter dem Vorhang.

Als der Knabe weg war, überprüfte ich kurz den Eingang zur Straße. Blitzschnell wühlte ich die Regale durch, die sich links und rechts neben dem Theatervorhang befanden, aber da waren nur Fotopapier in Schachteln, Negative, Auftragsbücher und Dinge, von denen ich nicht wusste, wozu man so etwas brauchen konnte. Ich hörte ihn zurückkommen und sprang wieder da hin, wo ich vorher gewesen war.

»Die Chefin hat jetzt ka Zeit für Sie.«

»Ach, das ist aber schade. Ich habe ein paar Fragen. Über vergangene Tage.«

Da drang es entschieden durch den Samtstoff: »Hören Sie, ich lebe nicht in der Vergangenheit. Mich interessiert nur, was heute ist.«

»Aber gnädige Frau«, flötete ich, »Sie sind die Einzige, die mir mehr von der Vergangenheit erzählen kann.«

»Bin ich nicht. Gehen Sie doch ins Café Bazar.« Ihre Stimme entfernte sich. »Da reden die Leute dauernd von früher. Schrecklich!«

Fort war sie, die wertvolle Zeitzeugin. Ich hatte es nicht eilig mit meinem Auftrag. Von Woche zu Woche würde ich gutes Geld kassieren. Vorsichtig ließ ich meine Fotos in der Sakkotasche verschwinden. Die Glocke der Eingangstür zerschellte den Moment. Als ich mich zur Tür wandte, ging ein Mann an mir vorbei Richtung Verkaufstisch. Er zog den Hut und verdeckte damit sein Gesicht. An der Tür drehte ich mich noch einmal zu ihm um. Ich war mir sicher, dass er mir heute schon einmal irgendwo über den Weg gelaufen war. Ich wusste nur nicht mehr, wo.

Der Stummfilmstar

Vor dem Haus schaute ich noch einmal nach oben. Hinter hundert blinden Glasscheiben würde ich meine nächste Ware lagern. Bewahre das, was dir wichtig ist, weit von dir entfernt auf, ist eine Tugend in meinem Gewerbe. Zufrieden machte ich mich auf den Weg.

Das eigentliche Herz Salzburgs schlägt hier, an der Salzachpromenade in der Altstadt. Lassen Sie die Kriegsgewinnler in der Getreidegasse ruhig links liegen. An klaren Tagen, wie dieser einer war, kann man bis zu den schneebedeckten Alpen sehen. Die Festung Hohensalzburg auf der gegenüberliegenden Flussseite war in Wattewolken gepackt, als hätte es diese sieben Jahre nie gegeben. Wie Perlen auf einer Kette reihten sich mondäne Villen am Ufer entlang – das Atelier Ellinger, zwei Blöcke weiter der Österreichische Hof und gleich daneben das Café Bazar. Hier lag das alte Geld.

Ich enterte das Kaffeehaus über den Seiteneingang. Ein stechender Geruch von Ersatzkaffee stieg mir in die Nase. Zeitungsleser, ein paar Damen spielten Tarock, die Kellner versahen ihre Arbeit in einer Mischung aus Nachsicht und Strenge. Ich setzte mich an einen Tisch in der Ecke, weit weg von lauten GIs. Ich war gespannt, was mir auf meine Bestellung »Einen Mokka, bitte« gebracht werden würde, und schaute auf die Fotos an der Wand über mir. Irgendwelche Diven, männlich wie weiblich, die ihre Namen auf die Bilder geschrieben hatten. Theaterfotos, wie sie überall in Salzburg zu finden sind.

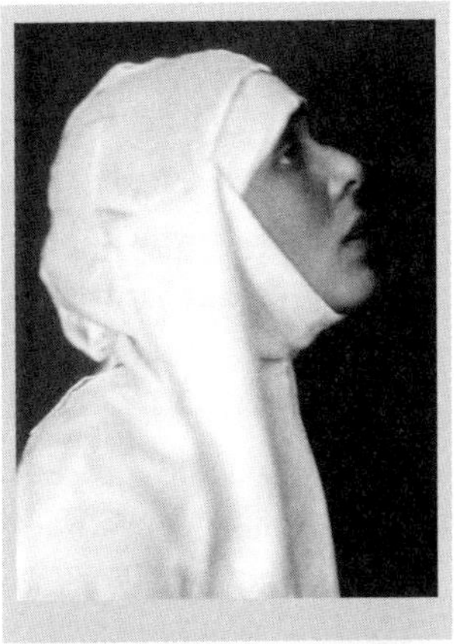

»Ja, da war ich noch jung«, schwappte eine Stimme vom Nachbartisch zu mir wie verschütteter Kaffee. Ich erblickte eine ältere Frau, die nichts mit einer der Schönheiten auf dem Foto zu tun gehabt haben konnte. Wie ein graublauer Schnabel reckte sich ihr Haar nach vorn, das in zwei bretthharten Rollen über den Stirnansatz gelegt war. Aus ihren feuchten grauen Augen tränte das Mitgefühl von Bowlingkugeln. Sie trug ein

Samtkleid mit Pelzkragen und Glacéhandschuhe. Ich stand auf und deutete eine Verbeugung an: »Aber gnädige Frau, ich habe Sie doch sofort erkannt, selbstverständlich hätte ich es nie gewagt, Sie anzusprechen.« Der Ober erschien, wedelte seine Serviette knapp über meinem Tisch mehrmals durch die Luft und stellte das Tablett mit meinem Überraschungskaffee ab. Ohne eine Antwort abzuwarten, nuschelte er »Gestatten?«, nahm das Glas Sherry meiner Tischnachbarin, stellte es bei mir ab, rückte die Kissen auf der Bank zurecht und bedeutete ihr mit einladender Geste, sich zu mir zu setzen. »Na, ich weiß ja nicht, ob der junge Mann ...« Ich hatte keine Chance. Mit einem kräftigen Seufzer fiel sie auf die Bank unter dem Fenster. Nicht, ohne sich sofort in eine elegante Pose zu disziplinieren. Ihr Parfum stieg mir in die Nase. Routiniert schätzte ich den Wert ihres Schmuckes ein. Lohnend.

»Ach herrje, jetzt habe ich gar keine Autogrammkarten dabei, junger Mann, das müssen Se mir verzeihen.« Reichsdeutsche, registrierte ich und wollte etwas Freundliches entgegnen, aber dazu kam es nicht. »Reizend!«, verteilte sie ihre Gunst an den gebeugten Kellner. »Sie waren immer der einzige Mensch, der in dieser gehässigen Stadt gut zu mir war.« Dann war ich wieder gefragt.

»Sagen Sie, in welcher Rolle haben Sie mich am besten in Erinnerung? Das frage ich nur, damit ich Ihnen die richtige Autogrammkarte heraussuche. Eher Film oder Theater?«

»Ach, das kann ich gar nicht sagen ...«

»Wie charmant! Sie erinnern mich ein wenig an Max Reinhardt«, wurde sie kokett und rollte dabei das »R«. »Jetzt müssen wir aber aufpassen, dass wir nicht zu sentimental werden, was?«

Oh Gott, flirtete sie mit mir?

»Ich gehe mehr ins Kino ...«

»Ja natürlich! Soll ich Ihnen was sagen? Mir gefallen meine Stummfilmrollen am besten.«

Als wollte sie nun auch die Spaziergänger an der Salzach erreichen, hob sie an: »Wir waren groß! Die Filme sind es, die heute klein sind. Wir hatten Gesichter, wir brauchten keine Worte!«

Die Leute im Café begannen zu raunen, jetzt hatte sie ihr Publikum.

»Gestohlen, aus ›Boulevard der Dämmerung‹«, zwinkerte ich ihr zu, »Gefinkelt, zumal, den Film gibt's noch gar nicht. Sie sind mir eine!«

Mitten in ihre Irritation platzte ein völlig verwahrloster Mann. Er bewegte sich auf unseren Tisch zu, stammelte ein paar Worte in meine Richtung und deutete auf die Stummel im Aschenbecher. Ich gab ihm eine Zigarette, die er genauso schnell wie dankbar entgegennahm. »Ach, der hat bestimmt bloß Hunger«, wurde meine Tischnachbarin praktisch. »Herr Ober? Gibt's noch was vom Apfelstrudel?«, rief sie ins Nichts. Der Kellner kam, verjagte den armen Teufel wie eine streunende Katze, und niemanden im Kaffeehaus kümmerte es.

»Was haben Sie eigentlich im Krieg gemacht?«, fragte ich, ohne es zu wollen.

»Na gespielt! Ich hab doch immer nur gespielt!«

Ich ließ eine Pause verstreichen und beobachtete dabei eine Fliege, die sich in der Gardine verfangen hatte.

»Mussten Sie nicht auch einmal in den Luftschutzkeller oder haben Sie je gesehen, wie Leute von der Gestapo abtransportiert wurden?«

Sie sah mich an. Dann blickte sie in die Ferne. »An so was kann ich mich überhaupt nicht erinnern. Ich habe nur für meine Rollen gelebt!« Spätestens jetzt wurde sie mir völlig suspekt. Ich würde sie einkreisen und dann zuschnappen.

»Als Star der Festspiele haben Sie doch sicher Fotos von früher? Von Proben, von den Feiern.«

»Durchaus«, blinzelte sie mir zu, »echte Raritäten. Kommen Sie, wir nehmen bei mir noch einen Sherry, und ich zeige Ihnen meine Schätze.«

Schnaufend fiel meine neue Bekanntschaft in die weichen Polster des Taxis und diktierte eine Adresse, die wir in der selben Zeit zu Fuß erreicht hätten. Wir umrundeten die halbe Altstadt mit dem Wagen und ihr gutes Leben im Altreich mit ihrer Redseligkeit. Ihre Wohnung lag im zweiten Stock neben dem Hotel Bristol am Makartplatz. Das Gekläffe ihrer Spitz-Hündin empfing uns schon im Hausflur. Diese verhaltensauffälligen Viecher retten Leute wie sie vor dem Selbstmord, dachte ich, Menschen wie mich bringen sie dazu. Sie wies mir einen Platz an einem kleinen, runden Tisch im Erker zu, der auf einer Erhöhung stand. Exklusive Aussicht, beste Innenstadtlage. Durch den Blick auf ihr Klingelschild und die eingerahmten Titelblätter von Filmzeitschriften im Flur wusste ich nun auch ihren Namen, den ich nur einmal, ganz gezielt, in unser Gespräch einfließen ließ, Rosamund Moné. Also, wenn Sie mich fragen, so heißt kein vernünftiger Mensch.

Sie schaute auf die drei Fotos, die ich ihr hingelegt hatte. »Marlene! Mit Marlene Dietrich habe ich hier ja ganze Festspielsommer verbracht. Vorm Krieg. Eine reizende Person!« Ich war mir sicher, sie hatte Marlene Dietrich nie persönlich kennengelernt.

»Da ist er ja!«, rief sie beim Blick auf ein anderes Foto aus und deutete auf einen hageren, großen Mann in Pluderhosen, im Gesicht den damals typischen, zwei Finger breiten, quadratischen Oberlippenbart. Sie wissen schon, den von Charlie Chaplin. Gemeinsam mit anderen stand er neben dem Bretterverschlag einer Bühne im Freien.

»Wer?«

»Na, Carl Ellinger. Und schauen Sie hier, gleich daneben, Max Reinhardt, der beste Regisseur aller Zeiten. Ich hab ja schon mit ihm am Deutschen Theater gearbeitet. Von Max Reinhardt habe ich ALLES gelernt.«

»Gnädige Frau, dieses Bild ist, ich schätze, aus den frühen 30er-Jahren. Carl Ellinger ist aber 1916 nach Kanada ausgewandert.«

»Da müssen Sie sich irren, der hat doch dauernd bei uns fotografiert.

Ich kann mich genau an sein Gesicht erinnern.« Nach einer Pause fügte sie hinzu: »Wie kommen Sie darauf, dass er ausgewandert ist?«

»Das ist in seinen Meldeakten vermerkt.«

»Oho, wie kommen Sie denn an Meldeakten, sind Sie womöglich ein Spion?«

»Ich bin Privatdetektiv.«

»Wie aufregend! Darüber müssen Sie mir noch viel mehr erzählen. Dann haben Sie vielleicht eine versteckte Kamera da in Ihrer Streichholzschachtel?«

»Wenn das stimmt, was Sie sagen, wo ist dieser Carl Ellinger jetzt?«

»Was weiß ich, im Krieg war ich ja meistens in Deutschland. Erst, als es dort so furchtbar ungemütlich wurde, 45, bin ich hierhergezogen.«

»Bitte erinnern Sie sich. Haben Sie Carl Ellinger noch einmal gesehen, seitdem Sie wieder in Salzburg sind?«

»Jetzt, da Sie mich fragen … nein. Aber die Frau Ellinger, die hab ich erst letzte Woche beim Friseur gesehen.«

»Die resolute Chefin im Fotogeschäft?«

»Ja, ja, genau die.«

Warum präsentierte sie mir einen falschen Carl Ellinger? Ich leitete eine höfliche Verabschiedung ein, aber so schnell ließ mich Grusel-Rosi nicht gehen. »Warten Sie, ich muss Ihnen doch noch die Autogrammkarte geben. Oder, wissen Sie was«, sie schaute mich verschwörerisch an, »ich gebe Ihnen ein ganz besonderes Foto von mir.« Sie verschwand und kam mit einem Bild zurück, auf dem sie unterschrieb und die Tinte trocken pustete. Ich warf einen kurzen Blick darauf. Sie saß in einer ausgelassenen Runde mit SS-Männern in Uniform auf einer Terrasse mit Korbstühlen. Unverkennbar Schloss Leopoldskron. Das Max Reinhardt gehörte. Mit dem Selbstbewusstsein eines KGB-Offiziers schaute sie mich an und lächelte triumphierend. Wer schützte diese Narzisse? Ich steckte das Bild ein und sah zu, dass ich Land gewann.

»Aber Sie kommen doch sicher am Sonntag zu meiner Lesung ins Landestheater?«, rief sie mir noch auf der Treppe nach. »Ich weiß ja gar nicht, wie Sie heißen!«

»Max!«

»Nein, wie köstlich! Sind Sie seine Inkarnation?«

Ich flüchtete aus der Haustür. Auf der Straße stand wieder dieser Typ mit Hut, der mir ins Atelier Ellinger gefolgt war. Er drehte sich schnell weg, als er mich wahrnahm, und wollte sich eine Zigarette anzünden. Ich zückte meine Zündhölzer, gab ihm Feuer und sagte: »So, du Intelligenzallergiker, ich muss jetzt noch etwas erledigen. Am Abend gehe ich vielleicht in die Oase, da spielt Armin Sommer mit seiner Combo auf. Wie sieht's aus, wagen wir zwei heute noch ein Tänzchen? Danach kippen wir den einen oder anderen und dann schlage ich dir die Zähne aus.« Er zog wortlos den Hut in die Stirn und verschwand hinter der nächsten Hausecke. Ich sprang auf die Rote Elektrische, die mich an den Stadtrand bringen würde. Eine heikle Lieferung wartete auf mich.

Der Zug

So einfach, wie sich General Clark das vorgestellt hatte, war es natürlich nicht. Bei den Stichprobenkontrollen in dem Zug, den er mir anvertrauen wollte, hatten seine Leute gerade einmal zwei Kisten aufgebrochen. Und tatsächlich waren darin Waffen. Doch das war nur der Beifang. Was sich in allen anderen Kisten verbarg, stürzte mich noch jahrelang in die größten Schwierigkeiten. Hätte ich das geahnt, hätte ich den Zug unter irgendeinem Vorwand umleiten lassen. Es war zu spät. Clark hatte Marschbefehl gegeben, und die Katastrophe raste auf mich zu wie eine neun Millimeter.

Ein Dutzend meiner Männer stand zum Empfang bereit, an den Gleisen einige Hundert Meter vor dem Bahnhof. Ein weiteres Dutzend wartete in Lkw, um die Ware in sichere Lagerhallen zu bringen. Heulend kündigte sich die Lok an, wenige Minuten später sahen wir sie Dampf speiend näherkommen. Funken sprühten von den Metallrädern, die quietschend auf den Schienen zum Stehen kamen. Die Begleitmannschaft stieg aus, salutierte und übergab die Fracht. Ich hatte Order gegeben, in jedem zweiten Waggon eine beliebige Kiste zu öffnen. Krachend flog das Holz von der ersten – und wir trauten unseren Augen nicht. Gold! Im nächsten Waggon Eheringe, Diamanten, Silberbarren. Später Kandelaber, Münzen, Briefmarkensammlungen. Dann Bücher, Uhren, Kameras,

Violinen. Porzellan aus Meißen, Dresden, Herend. Pelze, Orientteppiche, Gemälde und so weiter. Eine Kiste war voller Goldstaub in Hunderten kleinen Säckchen. Ich ließ die Särge verblichenen Besitzes wieder zunageln, befahl absolute Geheimhaltung und forderte weitere 30 Mann zur Bewachung an. Dann ließ ich mich mit General Clark verbinden.

Der Kronzeuge

»Guten Morgen, Fräulein Eva – und eine Nachricht für Zimmer 106.« Sobald sich eine Frau unbemannt bewegt, wird sie in die späte Pubertät zurückverfrachtet. Herr Franz schob mir das Kuvert und eine eingerollte Morgenzeitung zu. »Ich empfehle einen Blick in dieses Journal. Die Artikel darin sind von feinster Qualität.« Wäre doch irgendetwas auf dieser Welt so verlässlich wie Herr Franz hinter der Rezeption des Österreichischen Hofes. Ich fühlte, erkannte und ließ meine neue Lieferung Chesterfield mitsamt der Zeitung in meiner Handtasche verschwinden. Harry Collins bezahlte mir auch dieses kleine Laster. Als Trinkgeld schenkte ich Herrn Franz ein nicht einmal aufgesetztes Lächeln.

»Ich denke, ich kann Ihnen bei Ihren Nachforschungen weiterhelfen«, stand auf einem Blatt Papier mit dem Briefkopf der Direktion der Salzburger Festspiele. »Wenn Sie es einrichten können, heute 11 Uhr im Haus der Natur. Eiszeit-Sammlung.« Wie passend.

Das Museum glich einem Friedhof. Überall Leichen. Ich ging an ausgestopften Vögeln und Nagetieren in einer künstlichen Waldlandschaft vorbei, traf ein Hirschgerippe und ließ mich von einem künstlichen Saurier beeindrucken. Die von einem Tonband eingespielten Waldgeräusche machten alles nur noch absurder. Hinter aufgespießten Schmetterlingen war ein Schild angebracht: »Die Eiszeit.« Unter einem riesigen Gemälde mit einem Mammut erhob sich ein Mann von einer

Bank und schaute erwartungsvoll. Als ich neben ihm stand, stellte ich fest, dass er etwa zwei Meter groß war. Ich würde dieses Schauerhaus mit einer Genickstarre verlassen. Wie bei allen großen Menschen war seine Haltung etwas nach vorn gebeugt. Im Gesicht trug er eine stattliche Hakennase.

»Gnädige Frau! Bernhard Paumgartner.« Er nahm meine linke Hand und deutete einen Kuss darauf an. »Man hat mich gebeten, Ihre Fragen zu beantworten.«

»Wer hat Sie gebeten?«, fragte ich, während ich mich auf die Bank setzte. Er folgte mir.

»Das kann ich nicht sagen.«

Offenbar hatte in dieser Stadt jeder ein Geheimnis. Ich weiß nicht, wann ich zuletzt einen Mann mit derart guten Manieren getroffen hatte, und jetzt wollte der mich ärgern?

»Ich wüsste schon gern, mit wem ich es zu tun habe.«

Bernhard Paumgartner stand auf und verbeugte sich. »Verzeihen, ich bin Dirigent. Leiter des Mozarteums und gehöre der Festspiel-Direktion an.«

»Jetzt setzen Sie sich doch. Waren Sie das auch im Krieg?«

»Nein, den Herren Nazis war ich nicht angenehm, sie haben mich im 38er-Jahr meines Amtes enthoben. Aber ich war es davor, viele Jahre lang.«

Ich zog zwei, drei Fotos aus meiner Handtasche und legte sie zwischen uns auf die Bank. »Kannten Sie den Fotografen dieser Bilder? Carl Ellinger?« Er schüttelte den Kopf. Ich legte ihm einen Zettel hin, den ich zwischen den Fotos gefunden hatte. »BeSte« stand darauf. In flüchtiger Handschrift.

»Was könnte das bedeuten?«, fragte ich ihn. »Beste Fotos? Beste was?«

Paumgartner nahm den Zettel, blickte darauf und lachte beinahe laut. Eine Schulklasse kam näher und störte unser Gespräch mit Gekicher und durchdringenden Stimmen.

»Ich kann Ihnen sagen, was sich dahinter verbirgt, und auch, wer diese Fotos gemacht hat. Carl Ellinger war es nicht. Kommen Sie, gehen wir ein Stück.«

Also doch Genickstarre.

Das »Evolutions-Kabinett« wartete mit einiger rassenbiologischer Unlogik auf. Offenbar waren die Ausgestopften, Aufgespießten und Mumifizierten hier alle noch nicht entnazifiziert. Dafür war es ruhig.

»Über Carl Ellinger weiß ich gar nichts«, sprach Paumgartner. »Als ich in die Stadt kam, gab es den schon nicht mehr. Wir hatten aber ausgezeichnete Verbindungen zu den Nachfolgern seines Fotoateliers. Oder besser, seiner Nachfolgerin.«

»Eine Frau?«

»Durchaus, Betty Steinhart, BeSte, ihr Namenskürzel. Sie hat mir selbst einmal erzählt, wie sie mit 17 Jahren beim Ellinger angefangen hat, als Empfangsdame. Und wie sie ihn im Krieg, im Ersten, als Geschäftsführer vertrat. Da muss sie noch sehr jung gewesen sein.«

»Einer Frau das Geschäft anvertrauen? Das hat doch damals niemand gemacht.«

»Sie wird halt tüchtig gewesen sein. Ich weiß gar nicht mehr, wie Betty Steinhart zu Max Reinhardt und den Festspielen gekommen ist. Aber ich kann Ihnen sagen, dass sie und ihre Leute von Anfang an dabei waren.«

»Wo dabei?«

»Na überall, bei den Proben und Aufführungen, auch bei den legendären Essen, die Max Reinhardt immer wieder gegeben hat. Und auf Schloss Leopoldskron. Alles, was wir gemacht haben auf der Bühne, wurde dort erfunden, in seinem Schloss. Und dann waren da ja auch immer schöne Frauen.«

Ich zog zwei Bilder hervor. »Diese hier?«

»Zum Beispiel«, antwortete er mit dem Blick auf eine strahlend schöne, junge Frau.

»Hat Betty Steinhart all diese Fotos gemacht?«

62

Er dachte einen Moment lang nach.

»Manchmal. Aber meist waren es Männer, ihre Angestellten. Die Portraitaufnahmen im Atelier, die ließ sie sich nicht nehmen. Sie hatte ein sicheres Gefühl für Posen und Haltungen, wissen Sie? Die Künstler haben die Fotos als Autogrammkarten verwendet. Bei Photo-Ellinger sahen sie halt immer gut aus. Aber wissen Sie, was das Wichtigste war? Betty Steinhart hat verstanden, was es bedeutet, kurz vor einer Premiere zu stehen oder wie anstrengend ein Probentag ohne Tageslicht ist. Wir haben ihr vertraut.«

Zwei Stunden gab mir mein Kronzeuge Auskunft. Bei jedem Foto konnte er mir die Namen der Menschen darauf nennen und mir Geschichten über sie erzählen. Nur bei einem musste er passen. Eindeutig aufgenommen in den 20er-Jahren. Ein Mann in einem tadellosen Anzug hielt ein Baby auf dem Schoß. Paumgartner wog die Aufnahme zwischen seinen Fingerspitzen. Plötzlich sagte er: »Was ist das denn? Ein Mann gibt einem Baby die Flasche?« Jetzt mussten wir beide lachen. Als wir zum Ausgang gingen, schickte uns die Kassenfrau einen misstrauischen Blick hinterher. »Gestatten Sie eine Frage«, hob Paumgartner beim Abschied an, »warum interessiert Sie das alles? Sind Sie eine Verwandte von Betty Steinhart?«

»Was wurde aus Carl Ellinger?«, wich ich aus.

»Ich weiß es nicht.«

Noch einmal verteilte er einen jener Handküsse, die er zu Kaisers Zeiten gelernt haben musste.

Seit mehr als einer Woche hatte ich nichts von diesem Detektiv gehört. Zurück in meinem Hotelzimmer, rief ich Harry an und beschwerte mich über seine lausige Empfehlung. Er gab mir den Tipp, es später in der Oase zu versuchen, wo Max meist seine traurigen Abende verbringe. Na bravo, jetzt vertrank dieser Taugenichts seinen Vorschuss und nichts ging weiter.

Er ist nicht gut, dachte ich. Ich bin es auch nicht. Das ist gut.

Unterwelt

Man muss dem Leben immer um einen Whisky voraus sein. Die Oase war gut gefüllt, und Armin Sommers Swing brachte so etwas wie Tempo in diese verschlafene Stadt. »Kein richtiger Jazz. Den gibt es nur im Blue Danube Network, Max«, raunte mir Therese, die rothaarige Bedienung leise zu. Die Frauen im Lokal waren durchschnittlich. Sie schlürften ihren Schokoladenlikör, den ihnen irgendein GI spendiert hatte, und träumten davon, dass er sie aus ihrem Kleinstadtelend befreien würde. Nach Amerika! Dahin, wo es Badezimmer gibt und elektrische Heizungen. Einige Glückliche, deren Männer aus dem Krieg zurückgekehrt waren, hatten Krüppel am Arm. Dem einen fehlte eine Hand, der andere hatte ein steifes Bein und tanzte wie ein Toter. Ich war mir sicher, alle hatten eine beschädigte Innenausstattung. Nicht bei jedem trat das so offensichtlich zutage wie bei jenem, der seiner Frau am Tisch mit der Faust direkt ins Gesicht schlug und, als sie sich wehrte, sie vom Stuhl zog, um ihr in die Bauchgegend zu treten. Einzig Therese ging dazwischen und bat sich Benehmen aus. Erst danach beteiligten sich ein, zwei Männer an der Befreiung der Frau, die wohl ansonsten zu Tode geprügelt worden wäre. Beschämt, gekrümmt und mit einem blutenden Auge verließ sie das Lokal. Ihr Begleiter schämte sich nicht und hatte bald eine andere im Arm.

Ich dachte an Eva. Was hatte sie mit Männern erlebt? Was hatte sie hierhergebracht? Sie sprach ein neutrales Hochdeutsch, das nichts über ihre Herkunft verriet. Aus Salzburg war sie nicht. Aber sie wirkte auch nicht wie eine Deutsche, nicht einmal wie eine aus dem Süden. Ich musste einen unserer Jungs auf sie ansetzen. Das elektrisierende Gefühl unserer ersten Begegnung fiel mir ein. Ich hatte noch nie eine Frau gesehen, deren auffallende Attraktivität sich auf eine Gesichtshälfte beschränkte. Die untere. Ihre Augen, auch die Stirn und ihr Haaransatz hatten nichts

Bedeutsames. Das sah aber niemand, denn sie wusste alle Aufmerksamkeit auf ihre enormen Vorzüge darunter zu lenken. Auf ihre hohen Wangenknochen, die markante, aber nicht zu große Nase. Auf ihre geschwungenen Lippen, umspielt von der kühlen Brise leisen Spottes. So passiv Eva sich gab, so rastlos war sie, in den Bann zu ziehen. Sie stellte sich perfekt auf ihr Gegenüber ein, nahm jede Schwingung von ihm auf. Verwandelte seine Gesten, seine Stimmung, seine Vorlieben in ihre. Sie verzauberte ihn mit seinem Lächeln und litt seine Qualen. Wahrscheinlich konnte sie die Form und Farbe jedes Wesens auf dieser Erde annehmen. Ihr Blut blieb kalt dabei und sie kontrolliert. So wie es ängstliche Wesen eben tun. Eva täuschte. Wahrscheinlich jeden. Brachte sie ihr markantes Kinn in Stellung und signalisierte Kampfbereitschaft, lenkte sie gleichzeitig die Blicklinie auf ihr Muttermal. Auf Sanftmut und Sinnlichkeit, knapp über dem rechten Mundwinkel. Sandte sie ihren tiefblauen Eisesblick, vor dem sich der Teufel fürchten würde, hielt sie ihre Lippen völlig entspannt. Als würde sie gerade gar nichts empfinden. Mit diesem Spiel ließen sich Armeen von Interessenten beschäftigen. Ich bin froh, dass sie nie erfahren hat, womit sie mir tatsächlich einen Dolchstoß verpassen konnte.

In meinem Glas war nur mehr ein Eiswürfel übrig. Wenn es nichts gab in diesem gottverdammten Land, warum dann so etwas Überflüssiges wie Eiswürfel? Ihre Grübchen. Ihre Grübchen links und rechts auf der Wange nahmen mir den Atem. Die Vorstellung davon durchdrang mich jetzt vollständig. Ich wandte mich an den Kerl hinter der Bar: »Was denken Sie, können einen zwei Grübchen umbringen?« Er ließ mich still verenden, stellte zwei Gläser auf ein Tablett, und Therese trug es mit Schwung in den Saal. Wie eine Eiskunstläuferin umrundete sie die Tische, auf denen kleine Lampen alberne Romantik verbreiten sollten. Meist saßen Pärchen daran, zwei waren von GIs okkupiert, dann eine reine Frauenrunde. An der Wand hing noch die Faschingsdekoration.

Silbern glänzende Papierbahnen und Masken, die das Licht von der Bühne in den Saal zurückwarfen. Armin Sommers Combo streichelte die Instrumente zu einem Stehblues. Im Saal herrschte Engtanz. Therese, das geschickte Mädchen auf dem Eis, umkreiste die Umschlungenen diskret mit ihrem Tablett, das an ihrer Hand festgewachsen schien. Sie verstreute ihre gute Laune aus einem weichen Blick. Vielleicht sollte ich nach der Sperrstunde auf sie warten und ihre nächste Enttäuschung sein. Das Telefon klingelte. Wortlos hielt mir die Miesepetra hinterm Tresen den Hörer hin.

»Hallo? Wer ist da?«, blaffte ich in den Hörer.

»Schreien Sie nicht so. Ihre Königin, die Kundschaft.«

»Engel, warum schwingen Sie Ihre hübschen Beine nicht in ein Taxi und kommen her? Ich bin in der Oase. Hallo?«, rief ich noch einmal in eine plötzliche Stille.

»Durchaus, dort habe ich Sie ja angerufen. Aber machen Sie sich keine Sorgen, ich mag es, wenn Männer mich nicht mit Intelligenz belästigen. Allerdings haben Sie einen Auftrag. Und würden Sie dem auch nur halb so viel Aufmerksamkeit schenken wie Ihrem Ego, kämen wir vielleicht auch mal vorwärts ...«

»... ich finde, Ihr Ego kann ganz gut mithalten«, unterbrach ich sie.

»Jetzt hören Sie mir genau zu. Ich hab eine Spur. Ich weiß, wer die Fotos gemacht hat.«

In diesem Moment sprachen wir gleichzeitig zwei unterschiedliche Namen.

Sie: »Betty Steinhart.«

Ich: »Frau Ellinger.«

»Welche Frau Ellinger?«, fragte sie irritiert. »Lebt denn Frau Ellinger noch?«

»Und wie! Ich habe sie selbst gesehen. Also gehört.«

»Was jetzt? Gesehen oder gehört?«

»Gehört. Aber das ganz deutlich.«

Sie schickte ein ungeduldiges Schnaufen durch den Hörer.

»Gut, dann gibt es zwei Frauen, die interessant für uns sind. Sie bekommen alles über diese Frau Ellinger heraus. Wir müssen auch wissen, wo Carl Ellinger geblieben ist. Warum ist seine Frau nicht mit ihm nach Kanada gegangen? Ich verfolge inzwischen die Spur zu Betty Steinhart, denn beides ...«, jetzt lachte sie so, wie ich es nicht mochte, »... würde Sie wohl doch überfordern.«

»Wir kriegen das alles heraus, Engelchen!«, rief ich in den Hörer, denn Armin Sommer und seine Jungs machten gerade ordentlich Krach.

»Sicher. Mit Ihrem Aussehen und meinem Hirn schaffen wir alles.«

Ich fand es nicht gut, dass sie auflegte, ohne meine Antwort abzuwarten, denn später hatte ich mir eine richtig gute überlegt.

An den Rest dieser Nacht kann ich mich nur lückenhaft erinnern. Ich war bei Eva im Hotelzimmer. Und noch einmal im Atelier Ellinger. Jemand rief mir einen Namen zu, mit dem ich nichts anfangen konnte. Wie lautete dieser Name? Ich kann mich nicht erinnern. Doch, warten Sie, ich hatte die Schnapsidee, den ganzen Weg von der Oase bis nach Parsch zu Fuß zu gehen. Kaum ein Mensch war auf der Straße, nur wenige Lampen brannten, und plötzlich erschien mir diese Stadt so friedlich, mir so zugewandt, dass ich mich fast bei ihr entschuldigt hätte für all die Flüche, die ich über sie schon ausgesprochen hatte. Ich registrierte, dass mir dieser Anfänger mit Hut schon wieder folgte, und hielt ihn ein wenig zum Narren. Dreimal umrundete ich den Domplatz über unterschiedliche Gassen. Dann bog ich ab in Richtung St. Peter. Bei der Stiftsmühle war es stockdunkel, als hätte jemand den Mond hinter den Mönchsberg geschoben. Ich entkam auf den Friedhof, meinen Verfolger konnte ich nur mehr an seinen hallenden Schritten ausmachen. Die Klette ließ sich nicht abschütteln. Irgendwann ging es nicht mehr weiter. Ich saß in der Falle. Wohin diese Tür vor mir führte, wusste ich nicht.

KLACK KLACK
WO BIN ICH HIER, VERDAMMT?
IM ALMKANAL, DU PFEIFE!

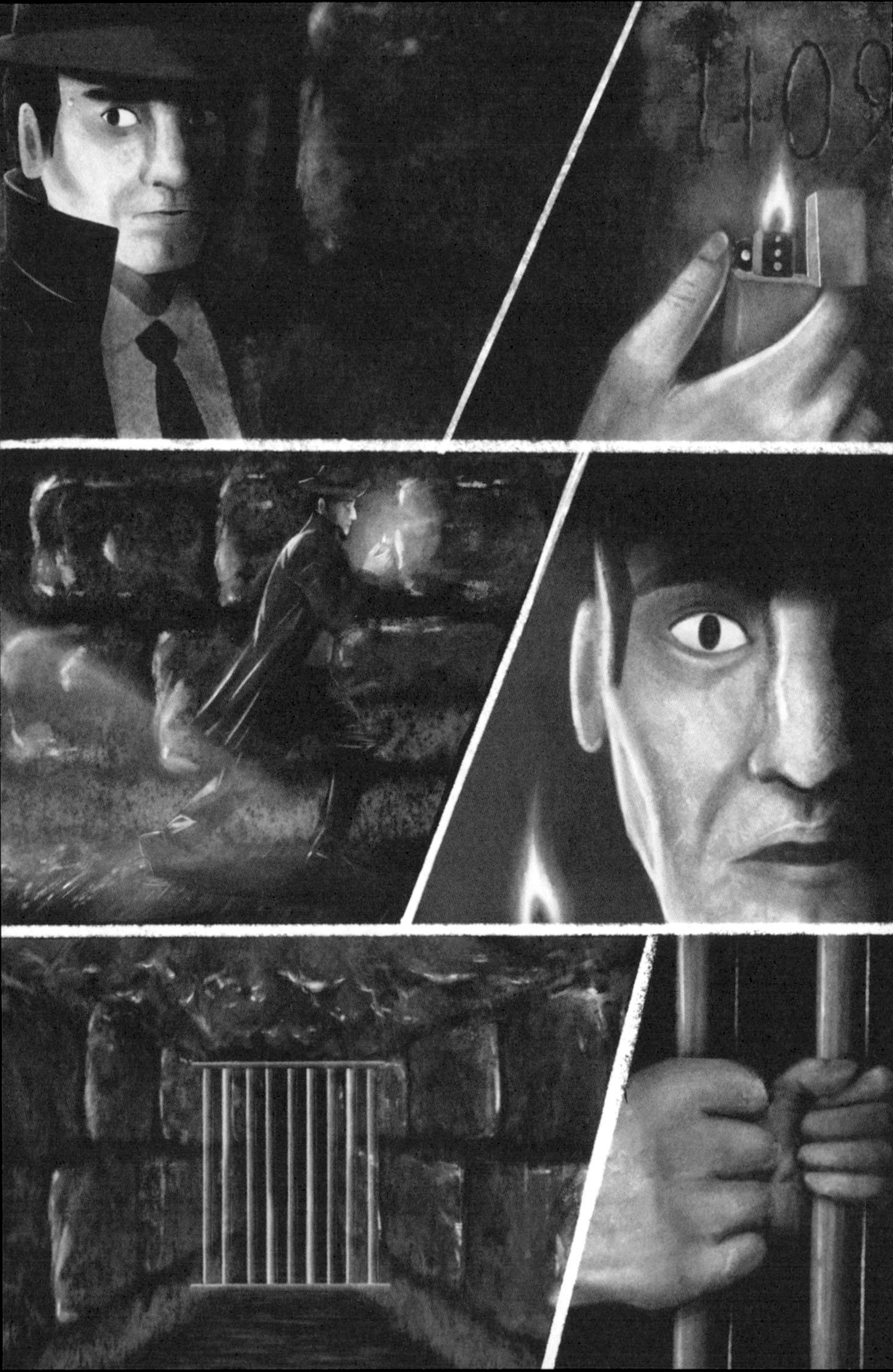

DU BIST EIN GUTER KERL, SCHWESTER, ABER JETZT GEH MAL AUS DER SONNE!
SCHÖNE GRÜßE VON
BOOM!

Die Order

Ich bin gegen den Frühling. Jedenfalls, wenn auch noch Vollmond ist. Die Leute krochen aus ihren Behausungen und brachten Unruhe in die Stadt. Sie gierten nach Alkohol und menschlicher Wärme. In dieser Nacht glühten die Drähte in unserem Headquarter. Neben den üblichen Schlägereien zwei zu Hause halbtot geprügelte Frauen. Aus dem Gefangenenlager Glasenbach waren drei Nazis getürmt. Im DP-Lager hatten sich ein paar Russen bei der Schnapsherstellung mit Methylalkohol vergiftet. Auch unsere eigenen Leute hielten sich nicht zurück. In der Getreidegasse brachen sie bei Radio-Pixner ein und ließen Empfangsgeräte, Kopfhörer und allerlei Kabel im Wert von 2000 Schilling mitgehen. Bei so etwas bin ich unerbittlich. Ich ließ sie einbuchten, würde sie unehrenhaft entlassen und nach Hause schicken. Eine Schießerei im Almkanal. Gemeinsam mit der österreichischen Polizei stellten wir in dem unterirdischen Gang ein Neun-Millimeter-Projektil sicher. Am Sandstein ein verwischter Blutfleck. Wir fanden keine Leiche. Nicht einmal einen Verletzten. Vom Täter ohnehin keine Spur.

All das hätte ich erst am nächsten Morgen erfahren, doch General Clark hatte mich gebeten, einen Gesandten aus Wien noch heute persönlich in Empfang zu nehmen. »Harry«, hatte er am Telefon gesagt, »diese Informationen sind *classified*«, also streng geheim. Gegen zwei Uhr war der Kamerad da. Ich ließ ihm einen heißen Kaffee bringen und ordnete an, dass ich nicht gestört werden wollte.

Sergeant Unger war ein freundlicher Mann. Einer, der nicht zu viel sprach. Er gehörte zu den europäischen Emigranten in unserer Army, von denen wir gar nicht so wenige hatten. Beim Anblick ihrer zerstörten Heimatstädte, in die wir während des Krieges kamen, war es immer dasselbe: Sie wurden still, betranken sich am Abend und landeten in der

Ausnüchterungszelle. Wenn Sie mich fragen, hatten sie alle einen Defekt. »Die folgenden Informationen sind *top secret* und dürfen nicht –« »Weiß ich schon«, unterbrach ich ihn, »worum geht es?« »Der Goldzug«, sagte er mit gesenkter Stimme. Ich ging zum Fenster, um es zu schließen. »Gut«, sagte ich zu Unger, »erzählen Sie mir alles der Reihe nach.«

Ich erfuhr, dass all diese Schätze im Zug aus einem beispiellosen Raubzug der Nazis an ungarischen Juden stammten. Ich habe viele solcher Geschichten gehört, schreckliche Geschichten, ich kann sie noch immer nicht an mir abprallen lassen. Der Schmuck war nicht einfach aus irgendeinem Geschäft gestohlen worden. Es waren wahrscheinlich Verlobungsringe oder ein Erbstück der Großmutter gewesen. Die eine oder andere Violine war vielleicht das Wichtigste, was ein Musiker der Budapester Oper besessen hatte. Das Herend-Service hatte eine Familie bei allen wichtigen Ereignissen begleitet, Bat Mizwa, Hochzeit, Beerdigung. Ich verdrängte die Bilder von Überfällen der Gestapo in ihren Häusern und Wohnungen und fragte: »Was hatten die Schweine damit vor?«

»Ummünzen. In Schiffspassagen, Bestechungsgeld und Hauskäufe in Südamerika. Für die Flucht von hochrangigen Nazis.«

»Gut, wohin soll ich den Zug jetzt schicken?«

»Er soll bei Ihnen bleiben, Sir, in Salzburg.«

»Was? Ich habe nicht genug Leute, um all das Zeug darin zu bewachen!«

»Verzeihung, Sir, nicht meine Entscheidung, Sie sollen den Bestand schätzen lassen.«

»Ja und dann?! Das ist doch hier kein Auktionshaus!«

»Tut mir leid, Sir, das ist die Order. Und da ist noch etwas: Ehemalige Nazis sind offenbar hinter dem Zug her. Sie müssen sich auf eine größere Operation gefasst machen.«

»Die Nazis? Immer heißt es ›die Nazis‹, damit ist doch niemand gemeint! Wer ist hinter dem Zug her?«

Sergeant Unger war offenbar zu müde, um sich von meiner schlechten Laune beeindrucken zu lassen. Ganz ruhig sagte er: »Ja, das sollen Sie auch herausbekommen.«

In der restlichen Nacht war an Schlaf nicht zu denken. Das hier war kein Ärgernis, das war ein handfestes Problem. Wenn die amerikanischen Streitkräfte ihrem Chef in Salzburg dieses aufbürdeten, dann konnten sie mir auch eine zusätzliche Einheit schicken. Und höhere Lebensmittelrationen. Ofenrohre. Eine Sonderlieferung Kohle für die Schulen. Und aus Triest von unseren Heimatschiffen viel mehr Stangen Chesterfield. Kaum hatte ich Sergeant Unger einem meiner Leute zur Übernachtung in unserer Kaserne übergeben, ließ ich die Sekretärin aus dem Bett holen und diktierte ihr mehrere Depeschen. Jede begann damit, dass ich mich im Auftrag von General Clark an sie wendete.

Nächtlicher Besuch

Ich merkte, dass ich meinen Pelzmantel nicht ausgezogen hatte. Ich hatte mir eine Zigarette nach der anderen angesteckt und dachte immer wieder an das, was ich gerade erlebt hatte. Hatte ich irgendetwas verloren? Meine Uhr? Etwas Verdächtiges? Alles war an seinem Platz. Ich sah in den Spiegel. Der Schock, den ich noch vor zwei Stunden erlebt hatte, war mir nicht mehr anzusehen. Ich konnte mir keinen Fehler leisten. Sonst war alles zunichte.

Ich zog meinen Mantel aus und hängte ihn in den Schrank. Es klopfte. Ich blieb reglos stehen und hielt die Schranktür fest, damit sie nicht quietschte. Meine Sinne waren geschärft wie die von einem Luchs. Stille, eine gefühlte Ewigkeit. Es klopfte wieder. Stimmen von außen. Ich wagte kaum zu atmen. Betrunkene Soldaten, dachte ich erleichtert, als sich das laute Ami-Kauderwelsch entfernte. In diesem Moment hämmerte jemand an meine Tür. Als würde sie im nächsten Moment eingetreten werden. Lass es nicht ihn sein, bitte nicht. Immer lauter donnerte eine Faust an die Tür. Es half nichts. Ich riss meinen seidenen Morgenmantel vom Haken, warf ihn über mein Kostüm und ging zur Tür. Bevor ich sie öffnete, zerzauste ich noch schnell mein Haar.

»Was denn?«, rief ich schläfrig-erbost.

»Machen Sie auf!«

»Wer ist da?«

»Na ich, Max.«

Wieder stolperte er ins Zimmer. Deutlich betrunken. Das war der harmloseste aller Besuche, die ich jetzt bekommen konnte.

»Ist Ihnen ein Lkw übers Gesicht gefahren?«, fragte ich. »Ich will Ihnen ja nicht zu nahe treten, aber Sie sehen schrecklich aus.«

»Romantisch wie ein elektrischer Küchenmixer.«

»Elektrische Küchenmixer gibt's noch gar nicht. Jedenfalls nicht in Salzburg.«

»Aber die wird es bestimmt bald geben. Was Sie da in meinem Gesicht sehen, ist Charakter. Es hat mich viele schlaflose Nächte und noch mehr Drinks gekostet, das hinzukriegen. Haben Sie noch etwas von Ihrem guten Brandy?«

»Der ist verdunstet. Ich glaube, ich mache uns lieber einen Tee.«

»Engel, wir sind in den 40ern. Wir trinken kein Wasser ohne Gin und keinen Tee ohne Rum.«

»Nein, der geht anders: ›Mit Mascara und Wodka ging alles, jedenfalls in den 40ern.‹«

»Ah, den kenne ich nicht.«

»Den sagen auch meistens Frauen. Ich gebe Ihnen viel Zucker in den Tee, mehr ist nicht drin heute.«

Ich gab ihm seinen Tee, holte Eiswürfel und wickelte sie in eine Stoffserviette. Während er mit dem Eisbeutel auf dem Auge den verletzten

Cowboy mimte, gab ich ihm die Informationen, mit denen ich ihn versorgt wissen wollte.

»Betty Steinhart hatte es nicht leicht am Anfang beim Ellinger.«

»Betty wer?«

Ich sah ihn nur an. Ihm fiel der Eisbeutel in den Schoß. Ich hatte kein Mitleid.

»Sie hat sich bald von der Empfangsdame zur Retusche hochgearbeitet. Ziemlich gut war sie darin. Besser als alle anderen. Wochenlang hat sie nach Geschäftsschluss ihre Geschicklichkeit verbessert. Sie zauberte aus Aknegesichtern den schönsten Teint, ließ Augenringe verschwinden. Bei Doppelkinn war sie unschlagbar.«

Max war eingenickt. Ich rüttelte ihn unsanft. »Hey! Aufwachen!«

Er grummelte irgendetwas vor sich hin und setzte sich aufrecht in seinen Sessel. »Engel, das mag ja alles sein, aber wen interessiert das?«

»Warten Sie, das ist wichtig. Eines Morgens fehlte das Retuschebesteck samt Lederkoffer und dem aufklappbaren Pult. So etwas hat damals ein kleines Vermögen gekostet. Jeder wusste, dass es Betty war.«

»Jetzt wird sie mir sympathisch.«

»Stehlen? So etwas hatte sie nicht nötig. Sie kam aus gutem Hause. Zwei Wochen später war das Retuschebesteck wieder da. Samt Koffer. Sie hatte es zurückgebracht. Aus schlechtem Gewissen. Herr Ellinger sprach kaum mehr ein Wort mit ihr.«

»Was machen wir jetzt mit dieser Information? Die bringt uns doch keinen Schritt weiter.«

Er gähnte immer ungenierter und machte es sich im Sessel bequem.

»Wenn Sie es wagen, noch einmal einzuschlafen, erschieße ich Sie.«

»Bitte schön. Glauben Sie ja nicht, dass ich Ihnen dabei helfe, meine Leiche wegzuräumen. Dafür bin ich zu müde.«

»Haben Sie mir zugehört?«

»Ja, Sie wollen mich erschießen.«

»Nein, vorher.«

»Betty Steinhart hat irgendein Besteck geklaut und dadurch ihren Charakter bewiesen.«

»Eben nicht! Denken Sie doch mal nach. Carl Ellinger kann all diese Fotos nicht gemacht haben. Er ist 1916 emigriert. Die Festspielfotos sind erst ab 1920 entstanden. Und Betty schuldete ihm noch etwas.«

Endlich wurde er wach. Er stieß einen leisen Pfiff aus und kam ganz langsam dahin, wo ich ihn haben wollte.

»Er hatte sie in der Hand! Sie hat schließlich freiwillig seinen Namen unter ihre Arbeit gesetzt.«

»Ja! Womit hat er sie erpresst und welches Motiv hatte er dafür? Enttäuschung, weil seine Angestellte ihn bestielt? Zweifelhaft. Da muss mehr vorgefallen sein. Sind die einflussreichen Familien der Stadt involviert? Hat Ellinger mitverdient an den Fotos? Wovor ist er geflohen? Max, das müssen wir alles herausbekommen!«

»Während ich das sprach, wanderte ich im Hotelzimmer herum. Ich stand bald nah vor seinem Sessel und blickte auf ihn hinunter. Er kam mir entgegen. Bevor es zu brenzlig wurde, griff ich nach meiner Schachtel Chesterfield. In diesem Moment geschah das Schlimmste, was einer Frau und einem Mann allein in einem Hotelzimmer zwischen drei und vier Uhr morgens passieren kann. Wir hatten keine Zigaretten mehr.

»Ich geh welche holen«, sagte er.

»So wie Sie aussehen, gibt Ihnen nicht einmal jemand Feuer. Herr Franz kommt frühestens um 8. Es ist Samstag, Max, die GIs schlafen alle ihren Rausch aus.«

»Schicken Sie mich jetzt nicht weg.«

Für so sanft hätte ich ihn nicht gehalten. Blitzschnell zog ich meinen seidenen Morgenmantel aus und warf ihn über die Couch.

»Schlafen Sie immer in Straßenkleidung?«

»Ich schlafe nie. Sie bleiben hier. Wenn ich in einer halben Stunde nicht zurück bin ...«, er schaute mich jetzt hellwach an, »... warten Sie einfach noch ein bisschen.«

Ich nahm den Zimmerschlüssel, schloss Max ein und begab mich in die Hotellobby zum Münztelefon. Ich musste dringend herausbekommen, ob mich bei diesem schrecklichen Zwischenfall heute Nacht irgendjemand gesehen hatte.

Trugbild

Kaum war Eva aus dem Zimmer, sah ich mich darin um. In dem kleinen Schreibtisch fand ich mehrere Pässe. Immer mit demselben Foto von ihr, immer mit einem anderen Namen. In der Kommode lag ihre Wäsche, ich griff hinein. Nichts. Irgendwo musste sie etwas versteckt haben. Ich ließ mich in den Sessel fallen. Etwas stimmte nicht mit Eva. Woher hatte sie in der kurzen Zeit diese abenteuerliche Geschichte vom enttäuschten Herrn Ellinger? Ich kenne Frauen wie sie. Die stets eine Lüge zwischen ihren schönen Lippen tragen.

Ich war längst nicht so müde, wie ich die ganze Zeit getan hatte. Noch einmal ging ich zum Schrank und öffnete ihn. Ich nahm einen Koffer und ein Paar Schuhe vom Boden, klopfte auf das Holz. Es klang hohl. Ich holte den Brieföffner vom Schreibtisch und hob ein Brett. Darunter war nichts außer Dutzenden Fotos. Wozu brauchten diese lächerlichen Bilder ein Versteck? Sie waren alle aus den 30er-Jahren. Auf einem entdeckte ich Paula Wessely, die kannte ich aus dem Kino. Auf dem nächsten stand ein sehr großer, sehr schlanker Mann mit Glatze vor einem Orchester und hielt die Arme in die Luft. Hitler in weißer Uniform in einer Theaterloge, schau an. Meine Hand grub sich fast bis zum Boden, fischte ein Bild heraus. Ich sah es an. Verlor für einen Augenblick das Gleichgewicht.

Dieses Bild hatte ich heute schon einmal gesehen.

Schlagartig kehrte die Erinnerung zurück. Im Almkanal blicke ich in eine hübsche Ansammlung schlechter Zähne. Die einem Toten gehören. Alles wird schwarz. Ich komme auf einer Parkbank zu mir. Beim Aufrichten platzt mir fast der Schädel vor Schmerz. Direkt vor mir das Atelier Ellinger. Ich gehe zum Seiteneingang. Hole den Dietrich. Prüfe im Lichtatelier den Fußboden, die Ware würde sehr schwer sein. Finde irgendwo ein Fotoalbum mit winzig kleinen Bildern. Vielleicht einen halben Finger im Durchmesser.

Ich halte die Bilder ins Mondlicht und bin sofort nüchtern. Salzburg im April 1938. Männer in offenen Wagen, Männer auf Pferden. Sie tragen Uniform und Stahlhelm. Am Straßenrand steht ganz Salzburg und hebt die Hand zum Hitlergruß. Man kann fast jedes Gesicht erkennen. Diese Bilder würden ihnen heute eine Menge Ärger machen. Ich schaue die aufgerissenen Münder auf den Fotos an und höre ihr Brüllen wieder. Ich lasse das Fotoalbum herabgleiten. Mit diesen Fotos habe ich sie in der Hand. Nein, Betty Steinhart hat sie in der Hand. Was hat Eva mit dieser Fotografin zu tun? Ich setze mich irgendwo hin. Aus dem Album fällt ein größeres Foto heraus. Darauf mehrere Gestapo-Männer. Zwei halten einen Zivilisten fest und ein Dritter schlägt auf ihn ein.

Dieser Mann bin ich.

Woher hatte nun auch Eva dieses verdammte Foto? Mir wurde gleichzeitig übel und heiß. Ich schaute abermals auf das Bild, auf mein zur Seite gedrehtes Gesicht. Ich steckte das Foto in die Brusttasche meines Sakkos, räumte blitzschnell die anderen Bilder zurück, befestigte das Brett, legte den Brieföffner wieder auf den Schreibtisch. In diesem Moment öffnete sich die Zimmertür.

»Gefällt Ihnen meine Wäsche?«, fragte Eva mit eisigem Blick auf die Kommode. Ein Schubfach stand offen. Ich ging auf sie zu, packte sie bei den Armen und riss sie zu mir hoch. »Wer sind Sie?!«

»Wenn Sie nicht augenblicklich mein Hotelzimmer verlassen, werde ich Sie tatsächlich erschießen«, erwiderte sie kalt. Ich sah auf ihre rechte Hand. Darin hielt sie meine Mauser neun Millimeter.

Eine Spur

Samstag. Ein Ausflug mit der Familie, auf den ich mich schon beim Frühstück freute? Meine Familie war weit weg, und gefrühstückt hatte ich heute nicht. Ich saß in einem staubigen Raum unseres Headquarters mit anderen übernächtigten, schlecht gelaunten Männern und lauschte den Planungen zu unserer neuesten Idee für die Umerziehung der Salzburger, dem »U.S. Information Center«. Wir wussten, welche Wirkung Mickey Mouse und Charlie Parker auf uns gehabt hatten, Raymond Chandler und »The March of Time«. Das würde auch bei den Jodl-Knaben funktionieren, den Schnitzels, na, Sie wissen schon. Ich konnte jetzt erzählen, welche Bücher in der Bibliothek stehen würden. Welche Vorträge es geben sollte. Auch über die Farbe der Wände wussten Geheimnisträger wie ich Bescheid. »Vom Winde verweht« im Kinoraum, ein Schallplattenverleih und Sprachkurse. Die beste Idee aber war ein riesiges Coca-Cola-Schild auf der Fassade. Rot-Weiß-Rot, in den Farben der Kulturnation Österreich. Es traf sich gut, dass ich bald zu irgendeiner Dringlichkeit gerufen wurde und dieses Kaffeekränzchen verlassen musste.

Dieser Tag teilte meine Zeit als Militärkommandant in Salzburg in zwei Hälften. Die sanfte und die harte. Keine faulen Kompromisse mehr mit irgendwelchen Leuten, von denen wir uns abhängig glaubten. Und keine Träumereien mehr von Eva. Vier Waggons des Goldzuges waren vollständig ausgeraubt worden. Unsere Männer hatten in der Vollmondnacht durchgezecht, und die Wachmannschaft war dünn besetzt. Niemand hatte die Diebe gesehen, geschweige denn gestellt. »Wir kriegen die Mistkerle«, hatte ich Clark am Telefon versprochen, nachdem ich ihm zerknirscht vom Raub berichten musste. In mir stieg eine derartige Wut auf, dass ich seinen Auftrag nun tatsächlich zu meiner persönlichen Sache machte.

Alles, was ich aus dem kriminellen Milieu Salzburgs wissen musste, erfuhr ich von Max. Wo steckte der Kerl überhaupt? Ich hatte keine Leute mehr, um ihn Tag und Nacht überwachen zu lassen. Einer meiner Spitzel stöberte ihn auf und brachte ihn mir ins Hotel Europa. Sie dürfen sich dieses Haus nicht vorstellen wie den Österreichischen Hof. Da, wo einst der Portier herrschte, standen armselige Kinderwagen an der Wand. Im mondänen Ballsaal lagen Säulen wie abgebrochene Zündhölzer auf dem Boden. Vögel nisteten im Gebälk. Dumpf und finster die Korridore, nach kaum 20 Schritten provisorisch mit einer Bretterwand abgetrennt. Durch die Löcher in den Wänden schlängelte sich ein Gewirr verbogener Eisenträger. Vier bis sechs Personen in einem Zimmer. Geschrei und stumme Lethargie. Das einstige Grand Hotel mit Fünf-Uhr-Tanztee, American Bar und sechs Hektar Park war jetzt ein Durchgangslager für staatenlose Flüchtlinge.

»Warum hier?«, frage Max. »Wir sind hier gleich fertig«, antwortete ich, aber da stürzten sich schon die Fotografen auf mich. Ich legte jovial meinen Arm auf die Schulter eines 15-Jährigen, der jahrelang in einem jugoslawischen Lager interniert gewesen war und den wir hier wieder mit seiner Mutter zusammenbringen konnten. Es gab ein paar Tränen, der Junge schien verstört, dann war alles vorbei. Erst jetzt sah ich, wie verkatert Max war. Sein rechtes Auge war blutunterlaufen und blau. Ich nahm meine Sonnenbrille aus der Tasche und gab sie ihm.

»Die nehmen Sie heute nicht mehr ab. Kommen Sie, gehen wir ins Forty Second, da ist es gemütlicher.«

»Sie meinen wohl das Café Tomaselli?«

»Von mir aus.« Ich hatte keine Zeit für österreichische Empfindlichkeiten. »Hauptsache, wir bekommen einen ordentlichen Kaffee.«

Ja, wir haben das Tomaselli ins Forty Second Street Cafe verwandelt, das Café Mozart in ein Offizierskasino und das Festspielhaus ins Roxy Theatre. Im Landestheater haben wir die »Glory Road«-Revue aufgeführt und im Mozarteum ein Fechtturnier veranstaltet. Wir haben das Hotel Stein, das Bristol und den Österreichischen Hof beschlagnahmt, auch 700 Wohnungen. Wir quartieren euch Heimkehrer und Obdachlose ein. Wir bringen den Jazz, Nylons und Kaugummi. Das machen wir nicht, weil wir euch ärgern wollen, sondern weil die Welt sich weiterdreht und das auch in Österreich irgendwann mal ankommen muss. »Na, Sie sind ja auf 180«, hörte ich Max sagen. Hatte ich laut gesprochen? Ich wusste es nicht.

»Ich muss Ihnen etwas erzählen«, plauderte Max munter weiter.

»Später. Wer hat Interesse an Gold, Schmuck und Luxusgütern in der Stadt?«

»Alle.«

»Das ist nicht lustig. Wer ist in der Lage, so etwas in größeren Mengen unbemerkt verschwinden zu lassen?«

»Wollen Sie mir ein Geschäft anbieten?«

»Max, es ist mir ernst. Ihre Aktivitäten beim Café Glockenspiel müssen übrigens aufhören, ich toleriere das nicht mehr. Und jetzt beantworten Sie mir meine Frage.«

»Hui, heute Nacht hat wohl niemand in dieser Stadt gut geschlafen. Da gibt es einige. Meine Jungs waren es nicht. Nehmen Sie das Ehrenwort eines Ganoven entgegen. Die Amateure vom Lager Glasenbach schaffen so etwas nicht. Fremde. Es können nur Fremde gewesen sein.«

»So etwas bringt man nicht unbeobachtet aus der Stadt. Ich habe alle üblichen Lager durchkämmen lassen, auch eure. Stichprobenkontrollen auf den umliegenden Bauernhöfen. Jeder Güterzug, der die Stadt verlässt, wird seit heute Vormittag gefilzt. Nichts.«

»Die Kaufleute. Die großen. Sie wissen schon, die drei, vier Familien.«

»Haben wir überprüft. Alle sauber.«

»Vielleicht sind Sie zu nah dran. Die netten Abendessen ...«

»Es reicht, Max.«

»Nicht schießen! Ich kann mich ja mal umhören.«

»Diskret. Das muss absolut geheim bleiben. Ich setze auf Ihre Loyalität und Ihren Anstand.«

»Das sind schöne Worte. Loyalität und Anstand. Aber Worte haben noch nie irgendjemanden satt gemacht. Und ich hab einen ziemlichen Appetit, General.«

»Sie werden das aus Liebe zu Ihrem Land tun und nicht für Geld.«

Max lachte laut auf. Das war eine dieser schrecklichen Folgen des Krieges. Zynismus, wo früher Gottvertrauen war.

»Jetzt erzähle ich Ihnen auch ein Geheimnis, Harry. Über unsere gemeinsame Freundin«

»Welche Freundin?«

»Eva.«

Ich wollte nicht über Eva sprechen. Ich hatte auch keine Nerven für die Räuberpistole, die mir Max jetzt rüberschob. Er war zusammengeschlagen worden. Gut, das war unübersehbar. Dann sei er auf wundersame Weise in Evas Hotelzimmer geraten. Sie habe ihn mit dem Tode bedroht. Nur knapp sei er ihr entkommen. Wahrscheinlich hatte sie ihn rausgeschmissen, so mitten in der Nacht. »Muss ich Sie jetzt vor Frauen beschützen?«, zog ich ihn auf. »Eva ist eine integre Person. Etwas irritierend, ja, aber alles in allem ein guter Mensch. Ich glaube nicht, dass sie eine Gefahr für nächtliche Einbrecher ist.«

Es waren nicht die Worte, die er danach sprach. Es war die Art, wie er sie sagte. Max war Eva vollkommen verfallen.

»Ja, vielleicht ist sie ein guter Mensch, und vielleicht sind nächste Weihnachten im Juli. Sie ist schön. Sie ist klug. Sie hat alles. Aber Harry, ich bedaure, Ihnen mitteilen zu müssen, dass sie auch mit einer Waffe umgehen kann. Mit meiner Waffe. Was wissen Sie über Eva? Was weiß ich über sie? Wir lassen uns blenden, Harry. Sie weiß genau, wie sie das anstellen muss. Sie ist eine gottverdammte Schauspielerin!«

Ich klopfte ihm auf die Schulter und riet ihm, sich einmal ordentlich auszuschlafen. An unserem Tisch erschien ein Adjutant. »Sir, wir haben eine Spur zur Schießerei gestern im Almkanal.« Manchmal danke ich meinen militärischen Pflichten. Der Stich, den mir Max soeben versetzt hatte, war augenblicklich verschwunden.

»Sind die Österreicher informiert?«, fragte ich den Adjutanten im Gehen.

»Ja, aber die kriegen sich nicht formiert, weil ihr Chef auf Familienausflug ist, irgendwo im Grünen.«

»Ja, gibt es denn keinen anderen?!«

Er zuckte nur mit den Achseln.

Vor der Tür des Forty Second stand mein Fahrer samt Dienstwagen mit laufendem Motor. Ich wollte gerade hineinspringen, da sah ich Eva auf der gegenüberliegenden Straßenseite. Sie kam auf uns zu und grüßte fröhlich: »Max, diese Sonnenbrille steht Ihnen ausgezeichnet! Officer ...« Mit einem ironischen Lächeln legte sie zwei Finger an die Schläfe, wie meine Männer es zu tun pflegten. »Sie kommen doch morgen auch beide zur Lesung von Rosamund Moné?«

»Im Landestheater ist Waffenverbot«, grummelte Max und schaute Eva dabei mit einer Feindseligkeit an, die mich an meiner Beobachtung zuvor zweifeln ließ.

»Wusste ich's doch, dass Sie sich für Literatur interessieren«, spöttelte Eva und hakte sich bei ihm unter, aber da fuhr mein Fahrer schon los. Kurz sah ich noch, wie Max Eva unsanft von sich stieß und die rechte Hand hob. Als wollte er sie schlagen.

Alte Feinde

»Sie können sich Ihr Schmierentheater sparen«, warf ich Eva verächtlich zu, nachdem ich ihren lächerlichen Annäherungsversuch abgewehrt hatte. Ich hob meinen Arm über den Kopf und richtete meinen Kragen. Ein junger Kerl auf einem Motorrad mit Beiwagen schoss heran und stoppte es direkt vor uns. Über der Schulter trug er ein gebogenes Metall. »Es gibt wieder Ofenrohre!«, rief er uns zu, als könne er es selbst nicht glauben. Kaum war er verschwunden, schwang ich mich auf seine Maschine, startete und preschte über den Alten Markt. Eva würdigte ich keines Blickes mehr.

In der Klampfergasse, Ecke Rudolfskai musste ich kurz warten. Mit etwas Glück würde ich Harrys Wagen noch erwischen. Die Schießerei gestern im Kanal. Sie wussten also Bescheid. Nur, was genau wussten sie? Hatte mich jemand gesehen? Den Mörder? Wer war hinter mir her? Ich trat den Gang rein und bog in den Kai. Auf der Höhe Karolinenbrücke hatte ich sie. Harrys Fahrer tänzelte mit seinem Wagen und immer wieder aufheulendem Motor auf einem Fleck hin und her. Vor ihm überquerte eine locker verstreute Gruppe Kriegsversehrter mit mehreren Krankenschwestern die Straße. Enervierend langsam. Sobald es ging, gab der Fahrer Gas, als ob ein Tiefflieger hinter ihm her wäre. Am Anfang der Alpenstraße schwante es mir bereits, aber als wir an die Hellbrunner Brücke kamen, war mir klar, wohin die Reise ging. Verdammt, warum ausgerechnet das Gefangenenlager Glasenbach, dieses Zeckennest voller Nazis? Ich überholte Harrys Wagen, bog in einen Seitenweg ein und wartete. Am Checkpoint salutierte ein Wachmann und ließ seinen Chef im Jeep durch. Ein Mann in Zivil verließ gerade das Lager in die Gegenrichtung. Ich stieg vom Motorrad und verschanzte mich im Gebüsch.

Noch einmal sah ich mich um und ging schnurstracks auf mein Ziel zu. Kurz bevor ich den Mann in Zivil eingeholt hatte, fühlte ich in meine Hosentasche. Die Schachtel Chesterfield war noch da. »Schöner Tag zum Spazierengehen«, sprach ich ihn an.

»Ja, wer Zeit dazu hat.« Ich reichte ihm eine Zigarette, die er dankend entgegennahm, und zündete mir auch eine an.

»Sie arbeiten im Lager? Sie sehen gar nicht aus wie ein Amerikaner. Stört Sie doch nicht, wenn ich Sie ein Stück begleite?«

»Gar nicht. Ich leiste Freiwilligenarbeit. Sofern das freiwillig ist, was uns die Amis anschaffen. Ich bin Baumeister. Und jetzt gebe ich den Knastologen hier Polier-Kurse. Eine Schande.«

Er spuckte Tabak auf den Boden. Ich unterbrach seine zweifellos interessante Sozialanalyse mit einem gezielten Uppercut. Er fiel sofort um. Ich riss ihm das Jackett vom Leib, nahm seine Aktentasche und die runde Drahtbrille vom Boden. »Tut mir leid, Kumpel«, entschuldigte ich mich, als ich seine Tasche durchsuchte. Sein Ausweis. Ich prägte mir den Namen ein. Am Checkpoint sah ich alles verschwommen durch die Brille des Architekten. Ich erzählte irgendeine Geschichte, dass ich Pläne vom Festspielhaus vergessen hätte, und wedelte mit den fremden Papieren in Richtung Wachmann. Man ließ mich ohne weitere Fragen durch.

Glasenbach sah aus wie jedes andere Lager. Baracken, Beengtheit, Phlegma. Hier hausten die Männer von Waffen-SS, Sicherheitsdienst, Gestapo. Offiziere, Generäle, Diplomaten. Ehemalige. Und ein paar Frauen. Ich kann Ihnen sagen, die waren nicht weniger brutal. Als sie noch Macht hatten. Hier saßen auch viele, die sich angedient hatten. Richter, Staatsanwälte, Industrielle. 15 000 Menschen. Eine Kleinstadt. Auf einem Stein hockte ein Mann in der Sonne und bastelte Schuhe aus Stroh. »Hier ist doch vorhin ein Jeep mit Amis durchgefahren, wissen Sie, wo die hin sind?« Er sah nicht von seiner Arbeit auf und wies stumm mit der Hand in eine Richtung. Ich folgte seiner Empfehlung. Tatsächlich erkannte ich bald Harrys abgestellten Jeep mit den kleinen Fahnen auf dem Kühler. Der Fahrer war ausgestiegen und rauchte eine

Zigarette. Ich überlegte, wie ich näher herankommen könnte, ohne entdeckt zu werden. Da packte mich jemand von hinten mit seinem Stahlarm, legte seine flache Hand auf meinen Mund und zog mich hinter eine Baracke. Wortlos schob er mich in den dunklen Bretterbau.

»Heil Hitler!«, grüßte mich laut und ungeniert ein Capo, der in einem kahlen Raum auf einer umgedrehten Holzkiste saß und mich offenbar erwartet hatte. Hier gab es nichts, nicht einmal einen Stuhl, nur grobe Wolldecken auf dem nackten Boden als Bettstatt. »Schade, vor Kurzem hätte ich dir noch'n richtig guten Nordhäuser Doppelkorn anbieten können, Kamerad«, sprach der Volksdeutsche, »aber unsere gastfreundliche Diätpension Erbsenbach hier hat das gerade nicht auf Lager.« Er gab ein Zeichen, der Scherge ließ mich los. Der Capo schob mir mit dem rechten Fuß eine Kiste zu und bedeutete in routinierter Befehlsgeste, mich darauf zu setzen. Ein fleischiger, fetter Kerl, dem Bauernschläue aus den Augen rann und sich in Höhe der Mundwinkel mit Brutalität mischte.

»Woher bist'n?«, fragte er mit der Selbstgefälligkeit des Anführers.

»Aus Österreich.«

»Das meine ich nicht. Sektion I, II, III, IV, V, VI ...?«

»V«, antwortete ich. Ich hatte keine Lust auf Zahlenspiele und überlegte, wie ich hier wieder rauskam.

»Ah, interessant. Und weshalb haben sie dich hopsgenommen? Ich meine, zu welcher Einheit gehörst du, Kamerad?«

Diese schmierige Kumpelei ging mir auf die Nerven.

»Ah, das kenne ich. Erstmal nüscht sagen, was? Is das Beste, mei Gutster. So, jetzt zeige ich dir mal, dass Onkel Hermann ... – Hermann, das bin ich –, dass Onkel Hermann schlauer ist als diese Untermenschen aus Übersee.«

Er zog eine kleine Flasche mit durchsichtiger Flüssigkeit hervor und trank.

»Sag mal, hast du heute Schweigepillen gefressen?«

»Aber nein, ich frag mich nur, was da draußen los ist.«

»Da verrät sich der SDler, immer auf der Suche nach Erpressungsmaterial, was? Zieh mal dein Jackett aus und schieb den linken Hemdsärmel hoch.«

»Was?«

Er packte mich, zerrte mir die Jacke des Architekten brutal mit meinem linken Hemdsärmel herunter, sodass er riss. Er schaute lang auf meine Tätowierung. Ein Zeichen, das ich selbst mit Brandwunden überschrieben hatte. Er grinste, ließ mich los. »SS oder Totenkopf?« Ich schwieg. Er pfiff. Im nächsten Augenblick war die Baracke voller Männer. Sie kamen näher und bildeten einen Halbkreis um mich. Der Volksdeutsche stellte sich zu den Seinen vor die erste Reihe. Er drehte sich zu mir um. »Eijeijei, Kamerad Schnürschuh, jetzt haben wir uns so schön unterhalten und dann enttäuschst du mich.« Er hielt seine nach oben geöffnete Hand in Richtung Meute und erhielt daraus ein Klappmesser. Mit einem metallischen »Klack!« ließ er es aufspringen und platzierte sein Gesicht drei Zentimeter vor meinem.

»Sektion V ist der Frauentrakt, mein Gutster.«

Ich riss mich von der Kiste hoch, um am Rand der Bagage durchzukommen bis zum Ausgang. Drei, vier nahmen mich in einen eisernen Griff. Ich versuchte mit aller Kraft, sie abzuschütteln, konnte aber nur mehr zucken.

»Das wird jetzt ein bisschen wehtun, aber sterben wirst du davon nicht.«

Während der Capo sprach, setzte er das Messer zwei Zentimeter neben meiner Tätowierung an. Er überlegte, nahm es wieder weg.

»Ich sollte ein größeres Stück nehmen, vielleicht machen wir daraus ja später noch eine hübsche Lampe, was?« Sehr langsam und präzise ließ er die Klinge in meine Haut gleiten. Der gleißende Schmerz durchdrang jeden Millimeter meines Körpers. Ich schrie so laut, dass man mich in Jerusalem hätte hören können.

Die Beichte

Vom Café Tomaselli bis zu meinem neuen Informanten waren es nur ein paar Schritte. Irgendetwas musste ich mir für Max überlegen. Ich traute ihm nicht mehr. Aber noch brauchte ich ihn. Vor dem imposanten Portal hielt ich inne. Dann öffnete ich die Tür der Franziskanerkirche. Die Kühle des italienischen Steinbodens empfing mich. Ich trat in die jahrhundertealte diskrete Stille unter der enormen Höhe des Kirchenschiffs ein. Ich war allein. Meine Schritte hallten durch den Mittelgang. Ich blickte auf die Kunstwerke. Jedes ein Tatort. Hieb- und Stichwaffen, Wunden, Todesschmerz. Bei dem weißen Löwen mit den drohenden Augen und der mächtigen Mähne blieb ich stehen. Der Krieger unter ihm. Gänzlich bezwungen. Sterbend rammte er dem Raubtier das Schwert in den Leib. Kannte der Künstler mein Leben? »Ich bin hier, bei der Sebastiankapelle«, hörte ich eine Stimme. Aus einer Reihe Säulen trat der Pater in seiner Soutane hervor. Alt war er geworden.

In der Sakristei empfing uns noch ein Sterbender. Er hing an einem Kreuz. Mir machte er keine Angst mehr, wie damals als Kind. In der Luft hing der Geruch nach kaltem Weihrauch. Die eingearbeiteten Eichenschränke standen im Halbdunkel wie die Berge in den Tauern. Kelche und Schalen aus Silber glänzten auf den Ablagen. Etwas entfernt gab es ein rundes Waschbecken aus Marmor. Der Priester wies auf einen der geschwungenen Eichensessel am schweren Holztisch. Wir setzten uns einander gegenüber.

»Es ist gut, dass Sie gekommen sind. Ich bin ein Diener Gottes. Bei mir können Sie Ihr Gewissen erleichtern.«

»So etwas habe ich gar nicht, Vater«, lachte ich seinen Bibel-Ernst weg.

»Natürlich haben Sie das. Sie haben nur den Kontakt zu Ihrer inneren Stimme verloren. Ich kenne Sie, seitdem Sie geboren wurden. Ich habe

Sie getauft. Mir können Sie vertrauen, mein Kind.«

Ich hob die Hand. Legte sie wieder auf den Tisch und setzte ein Standardlächeln auf.

»Nach dem Ersten Krieg haben wir einen großen Fehler gemacht«, sprach der Pater weiter. »Wir haben uns um die Verwundeten gekümmert und die Schlachtfelder geräumt. Aber wir haben uns nicht gefragt, was ein Krieg in den Menschen anrichtet. Viele hatten das Vertrauen in Gott verloren. Auch in sich selbst.«

Er stand auf, ging zum Holzschrank und öffnete eine Schublade. Mit drei Kerzen kam er zurück und steckte sie in einen Kandelaber. Die Flammen hüllten alles in warmes Licht.

»Wir müssen unsere Würde und unser Selbstvertrauen wiedererlangen. Erst dann können wir unsere Seelen wieder aufbauen.«

»Das klingt schön, aber erzählen Sie das mal einer Mutter, die ihren Sohn verloren hat. Oder den Leuten, die aus dem KZ kommen.«

»Ich spreche mit diesen Menschen. Jeden Sonntag in der Predigt und dazwischen auch.«

Er setzte sich wieder.

»Das Wichtigste ist, verzeihen zu können. Um Frieden zu finden.«

»Manchmal kann man nicht verzeihen.«

»Hilft Ihnen die Vorstellung, dass man Ihnen nicht verzeiht? Beim Verdrängen?«

»Eigentlich wollte ich Ihnen die Fragen stellen.«

»Durchaus. Menschen verzeihen. Wenn ihre Schuldiger Verantwortung übernehmen und sprechen. Wie wurde ich zu dem Menschen, der anderen Leid zugefügt hat? Was in mir ist dazu fähig?«

Ich zog Fotos von der Franziskanerkirche aus den frühen 30er-Jahren hervor und eines vom Erzbischof.

»Die sind von Carl Ellinger, dem Fotografen aus der Schwarzstraße. Kannten Sie den?«

»Man kannte das Geschäft. Den Mann selbst … nein. Jetzt lenken Sie aber ab.«

»Und kannten Sie Betty Steinhart?«

Der Pater wurde ernst.

»Eva, ich habe mich an Ihren neuen Namen gewöhnt. Aber glauben Sie nicht, dass Sie sich das alles selbst beantworten sollten?«

»Ich weiß längst nicht alles.«

Wir schwiegen. Wie im Duell. Bis der Pater aufgab.

»Ich kenne die Familie Steinhart, sicher. Auch Bettys Bruder, den Maler. Und ihre Eltern. Gute Christen.«

»Warum hat sie das Atelier gekauft? Mitten im Krieg.«

»Sie wird eine Chance gesehen haben. Und dann – der Familie ging es nicht so gut.«

»Das stimmt doch nicht.«

»Natürlich, die Steinharts waren Gastwirte, Kaufleute, ein Onkel betrieb ein Grandhotel in Zell am See. Bettys Vater war ein angesehener Tapezierer und Möbelhändler mit allen handwerklichen Fähigkeiten, seine Ideen auch selbst umzusetzen. Aber leider hat er sich auch zu gern mit seinen Künstlerfreunden getroffen und den Umsatz ins Wirtshaus getragen. Ich nehme an, deshalb ging seine Tochter arbeiten. Sie hat früh Verantwortung übernommen.«

»Ich dachte, sie hatte es so einfach. Alles ist ihr zugeflogen.«

Er schickte mir einen prüfenden Blick. »Vielleicht wird Ihnen leichter, wenn Sie jetzt über Betty Steinhart reden.«

»Ich habe nur diese Fotos und möchte darüber etwas erfahren.«

»Fotos. Wie Sie meinen.«

Ich zog einen kleinen Abzug auf Karton aus meiner Tasche. Er zeigte jenen Mann, der einem Baby auf seinem Schoß die Flasche gibt. Im tadellosen Anzug. Mein Informant Paumgartner hatte ihn nicht zuordnen können.

»Wissen Sie, wer das ist?«

Er schaute sich das Bild an. »Aber sicher, das ist Franz Hvizdalek.«

»Gesundheit.«

»Was? Das war sein Name.«

»Achso.«

»Der Hvizdalek, Fräulein Steinharts erster Mann.« Noch einmal blickte er auf das Foto und schüttelte den Kopf. »Wieso gibt der einem Kind die Flasche? Wo ist die Mutter?«

»Haben Sie die Adresse des Unaussprechlichen?«

»Hvizdalek. Ja, die habe ich, aber ich fürchte, er kann Sie dort nicht empfangen.«

»Warum?«

»Weil er bei Gott ist, dem Allmächtigen.«

»Schade. Ist er gefallen?«

»Natürlicher Tod. Viel zu früh, viel zu jung. Warten Sie.«

Er ging zu einem weiter hinten gelegenen Teil des großen Einbauschranks in der Sakristei und kam mit einem großen Buch zurück. Er legte es auf den Tisch, nestelte nach seiner Brille. Dann blätterte er suchend durch die Seiten und las vor: »Hvizdalek, Franz, gestorben am 25. Feber 1929. Im 39. Jahr seines Lebens.«

Der Pater schaute wieder auf.

»Sie war eine junge Witwe. Mit zwei kleinen Kindern. Mädchen, glaube ich. Die musste sie dann allein versorgen. Und dazu ihre Steinhart-Familie.«

Ich legte alle Fotos auf den Tisch, die ich bei mir hatte. Wir schauten auf Betty Steinhart. Wie sie auf einem Holzboden sitzt neben einem vielleicht dreijährigen Mädchen, das mit einem Puppenhaus spielt. Betty blickt stumm und ernst auf ihr Kind. Einsamkeit durchflutet die Szene in einem dunklen Raum. Der Pater sprach: »Sie hat immer wieder von vorn beginnen müssen. Und es jedes Mal geschafft. Sie hat das Geschäft zur Blüte geführt und konnte ihre ganze Familie damit ernähren. Egal, wie schlecht die Zeiten waren. Ich nehme an, dass viele Fotografen gerne für die Festspiele gearbeitet hätten. Aber sie bekam die Aufträge von Max Reinhardt.«

Der Mann wurde mir suspekt. Ein wenig zu viele Details, die er mir da auftischte.

»Wie ist es ihr im Krieg ergangen? Im letzten.«

Er stand hastig von seinem Sessel auf. »Dazu kann ich gar nichts sagen. Ich muss wieder in die Kirche, eine Beichte abnehmen.«

Noch einmal schaute mich der Priester durchdringend an.

»Im 35er-Jahr haben wir unseren Klostergarten erweitert. Wir haben dazu riesige Mengen Erde bewegt. Im Boden fanden wir Knochen und Schädel. Wer zu tief gräbt, der stößt auf Leichen, Fräulein Eva. Passen Sie gut auf sich auf.«

Hatte mir der Seelenhirte gerade gedroht?

Verwundeter Krieger

»Eine Minute später, und die hätten mich abgeschlachtet wie eine Kuh. Danke, Harry.« Max konnte immer noch reden, dabei hatte er nicht wenig Blut verloren. Der Lagerarzt von Glasenbach versorgte ihn. »Wir sprechen uns noch!«, sagte ich streng und klopfte ihm freundschaftlich auf die Schulter. Er zuckte zusammen vor Schmerz. Wie hatte er sich nur mit »Schlitzer-Hermann« einlassen können, bekannt für seine brutalen Methoden? Wie war er am Checkpoint vorbeigekommen und was wollte er hier? Ich ließ ihn gegen seinen Protest in unser Lazarett überstellen und bewachen. Bei Max wusste man nie.

Am Abend besuchte ich ihn. Offenbar hatte der Kerl sieben Leben und sich nicht einmal eine Sepsis eingefangen. »Der Schnitt war sauber und nicht einmal tief«, erklärte der Arzt. »Wir haben die Wunde genäht, morgen kann er schon wieder nach Hause.« Max lag in einem Zimmer mit anderen und schlief, als ich eintrat. Ein verwundeter Krieger. Ich betrachtete ihn mit der Sorge eines Vaters. Er übertrat gerne jedes Gesetz, aber er war der ehrlichste Mensch, der mir in Österreich begegnet war. Er träumte, grummelte vor sich hin, wurde immer lauter und schrie plötzlich. Ich berührte ihn: »Hey! Hey, hey, Max. Ganz ruhig.« Langsam kam er zu sich.

»Was soll das, wo bin ich?«

»Im Lazarett. Sie haben sich wieder einmal mit den Falschen angelegt. Wir konnten Sie in letzter Minute befreien.«

»Weiß ich doch.« Er wollte aufstehen. Ich drückte ihn wieder zurück in Richtung Bett.

»Sie bleiben heute Nacht hier und machen ausnahmsweise mal keinen Ärger.«

»Ich hab gar keine Lust auf Ärger. Dafür hätte ich gern ein Radio, die hübscheste Krankenschwester und etwas von eurem guten Whisky.«

»Eine Nacht werden Sie es mal ohne aushalten. Das mit dem Radio lässt sich einrichten. Was wollten Sie im Lager?«

Max schwieg.

»Ich habe jetzt 36 Stunden nicht geschlafen. Mein Kontingent an Freundlichkeit ist aufgebraucht. Sie sagen mir jetzt sofort, was Sie da wollten. Ansonsten schicke ich Ihnen einen unserer Verhör-Offiziere. Die sind nicht so nett wie ich.«

Seine ersten Sätze hatten nichts mit meiner Frage zu tun. Sie waren zusammenhanglos. »Was für ein Foto?«, fragte ich, als es mir zu verrückt wurde. »Haben Sie das Bild noch?«

»Ich hatte es in meiner Sakkotasche, aber die habe ich auf dem Motorrad liegenlassen. Diese hier ist ja vom Architekten ...«

Ich winkte ab und beschloss, ihn erst einmal eine Nacht schlafen zu lassen. Der Kerl war nicht zurechnungsfähig. Ich wandte mich zum Gehen, aber er hielt mich an meiner Uniform. »Bleiben Sie, bitte. Ich möchte Ihnen etwas erzählen. Darüber habe ich noch nie mit einem Menschen gesprochen.«

Er versicherte sich, dass keiner von seinen Zimmergenossen uns seine Aufmerksamkeit schenkte. Ich zog den Stuhl näher ans Bett und war ganz im Moment. So hatte ich Max noch nie erlebt.

»Im April 1938, als Hitler zum ersten Mal nach Salzburg kam, formierten sich am Abend Dutzende und bald Hunderte Nazis in der Stadt. Sie zogen mit Fackeln und Gesängen vom Realschulplatz durch die Griesgasse, die Getreidegasse bis auf den Residenzplatz. Ich war dabei. Die ganze Stadt war laut und hell und aufgewühlt. Einige zogen weiter ins Kaiviertel. Ich bin ihnen hinterher. Vor dem Landesgericht wurden Reden gehalten. Das Gebäude war vollständig erleuchtet, eine Hakenkreuzfahne flatterte am Eingang. Ich ging die Treppen hinauf, kam in den Festsaal. Dort herrschte Jubelstimmung. Richter waren da, Staatsanwälte und Private, einige Frauen. Auch Staatsanwalt Dr. Balthasar und Oberlandesgerichtsrat Meyer. Ich beobachtete. Plötzlich stand ein angetrunkener Kerl hinter mir und fragte: ›Wer sind Sie? Ich kenne Sie gar nicht.‹ Ich kramte nach einer plausiblen Identität, aber da hatten mich auch schon zwei am Kragen und zogen mich aus dem Saal. Draußen vor der Tür hielten sie mich fest, und der Kerl, der mich gefragt hatte, meinte nur: ›Abführen.‹ Sie schlugen auf mich ein, schleppten mich die Treppe hinunter und verfrachteten mich auf einen Lkw. Es ging durch die Nacht, und ich verschwand für einige Jahre. Wurde Teil der Spezialoperation, Sie wissen ja. Und genau diese Situation, als die Kerle auf mich einprügeln im Landesgericht, die ist auf einem Foto zu sehen, das ich im Atelier Ellinger gefunden habe. Und dann dasselbe Bild noch einmal bei Eva.« Er sank erschöpft in sein Kissen.

»Kannten Sie den Kerl? Der Sie abführen ließ?«, fragte ich in die Stille.

»Nein.«

»Ich brauche dieses Foto.«

»Es muss noch in meiner Jacke sein. Die liegt im Motorrad vor dem Lager. In Glasenbach.«

Max war tief in Gedanken versunken. Dann sagte er: »Der hatte so einen Schmiss auf der rechten Wange.«

»Was ist das, ein Schmiss?«

»Eine Narbe.«

Max war in Gefahr. Seine Herumschnüffelei bedrohte die Ehemaligen, ihre Existenz. Sie waren alle gerade dabei, mit unserer Hilfe wieder Fuß zu fassen in ihren höheren Ämtern und Berufen. Jeder von ihnen würde für einen Persilschein morden. Alles ließ sich vertuschen, Sie hatten sich längst wieder organisiert. Ich nahm mir zwei Männer und fuhr sofort in Richtung Glasenbach.

Die Salzbourgeoisie

Irgendwie haben immer die falschen Leute das Geld. Sie strömten ins Landestheater. Also die drei, vier Familien, ihre Verwandtschaft und einige Statisten wie Harry und ich. Über meinem blauen Auge trug ich Harrys Sonnenbrille. Wo früher meine Tätowierung war, klebte jetzt ein Verband. Meine linke Hand lag in einer Bandage. Zwischen einigen Kriegsversehrten im Foyer fiel ich kaum auf. Sogar einen Blinden sah ich. Automatisch grüßte ich ihn mit einem Handzeichen von Sonnenbrille zu Sonnenbrille. Es war der erste laue Abend in diesem Jahr. Ein Sonntag noch dazu. Die Leute bedrängten einander mit Heiterkeit.

An der Kasse lagen zwei Dutzend Ferngläser für Kinder. »Ist eines für mich?«, fragte ich das hübsche Lächeln hinter der Theaterkasse. »Selbstverständlich!«, antwortete das Lächeln und wurde noch schöner. Ich schnappte mir so ein Ding, schaute prüfend über meine Schulter und ging noch einmal hinaus vor das Theater. An der Treppe stand Harry. Er starrte wie ein Tanzschüler auf die Straße, musterte mit seinen flinken Augen die ankommenden Autos, ging in Richtung Haltestelle der Elektrischen, kam wieder zurück. Ich hob das Puppenfernglas und schaute hindurch. Es funktionierte. Mein geschärfter Blick ging hinüber auf die andere Straßenseite, auf das verglaste Lager für meine kommende Ware. Das Atelier Ellinger war perfekt. Ein Bursche ging mit einer Glocke herum und machte ordentlich Krach. Alle folgten wie die Hühner. Ich ging zu Harry, legte meinen beweglichen Arm um seine Schulter und sagte: »Sie kommt nicht mehr.«

Ich würde mich also ein wenig umsehen, hatten Harry und ich ausgemacht. Wer trug auffallenden Schmuck oder sprach über eine Neuerwerbung in den Sortimenten Luxusporzellan, Orientteppich, Kunst, Diamanten? Was redeten die Leute, wenn der Ami-Chef nicht in der Nähe war? Im Moment sprach nur Rosamund Moné. Wie gewohnt ohne Punkt und Komma. Ich war froh, dass sie weit weg auf der Bühne war und schnappte mir das Fernglas. In einer Loge blieb ich hängen. Ein kleiner Mann mit schütterem Haar und Monokel. Den hatte ich irgendwo schon einmal gesehen. Nur wo? Er schob etwas über die Brüstung in die Nebenloge. Ich schärfte nach und erkannte ein dickes Kuvert. Der Beschenkte nebenan schaute stur auf die Bühne, ließ seine Hand ins Kuvert gleiten und den Daumen über den Inhalt streifen. Er zählte Scheine. Viele Scheine.

Nach dem literarischen Gesäusel gab es süßen Wein im Foyer. Harry hatte mal wieder die Spendierhosen an. Etwa 30 Menschen standen herum und tauschten Floskeln aus. Dazwischen ein großer, älterer Mann mit Hakennase. Er verbeugte sich andauernd und verteilte Handküsse. Ich war der Einzige, der einen Straßenanzug trug.

Bald erschien Rosamund Moné in einem Paillettenkleid, das keinen Anfang und kein Ende zu haben schien. Mit den weiten Ärmeln und ihrem Schnabel aus graublauem Haar sah sie aus wie ein Vogel. Sie bewegte sich auch so und tänzelte, als Applaus aufbrandete. »Sehen Sie, Max, ich werde bewundert«, raunte sie mir zu und stahl dem Kellner ein Glas vom Tablett. »Wie ein altes Gebäude.« Ihr Hochfrequenz-Lachen fraß sich durch mein Trommelfell und verhallte auf der Treppe. »Nein!«, rief sie einer Dame zu. »Dieses Collier! Meine Lie-be, wie haben Sie das über den Krieg gerettet?« »Oh«, sprach die Belobigte, »es ist ja so gut wie das Letzte, das ich besitze. Die Diamanten sind draufgegangen für das Hochzeitsessen meiner Tochter. Jedes Stück vom Braten ein Stein.« Ins allgemeine Gelächter schickte einer, der aussah wie ein Pinguin: »Aber, meine Teuerste, jetzt geht es aufwärts, und wenn mich nicht alles täuscht, wird der Herr Gemahl Sie bald wieder reich beschenken können.« »Ich wüsste nicht, wodurch«, schmollte die Verarmte. »Ich habe da etwas läuten hören bei ...« Die Rote Elektrische schickte ihr ohrenbetäubendes Quietschen durch ein geöffnetes Fenster und stahl mir diese Information. Ich prägte mir das Gesicht von dem Kerl ein.

Zu uns stieß der kleine Mann mit schütterem Haar, der während der Vorstellung ein dickes Geldkuvert in die Nachbarloge geschoben hatte. Ich sah auf seine Hände. Die hatten noch nie gearbeitet. »Professor!«, rief die Moné und zog ihn zu uns. Er musterte Harry und mich. »Professor Weingartner«, stellte er sich vor, »ich bin Kunstsachverständiger. Darf ich fragen«, wandte er sich an mich, »welcher Berufung Sie nachgehen?« Ich blickte hilfesuchend zu Harry. »Privatdetektiv ist er, stellen Sie sich vor!«, übernahm Grusel-Rosi. »Privatdetektiv ...«, kaute der kleine Mann das Wort langsam durch seinen Kiefer und schaute dabei beredt zu den Abgesandten der drei, vier Familien. »Dann haben Sie eine gute Menschenkenntnis. Es ist nicht immer schön, aber dienlich, hinter die Fassade der Menschen blicken zu können, nicht wahr?« Harry murmelte eine Entschuldigung und nahm den Professor zur Seite. Ich nutzte die Gelegenheit, um zu schauen, ob das schöne Lächeln noch irgendwo war. Als ich zurückkam, war Harry noch immer in das Gespräch mit Professor Seltsam vertieft.

Plötzlich war der Süßwein aus. Rosamund Moné verdonnerte alle, ihr noch in die Barock-Bar zu folgen. Harry, der Professor und ich konnten uns herauswinden. Die beiden verabredeten sich gerade zu irgendetwas, da erschien Eva. »Verdun oder Teutoburger Wald?«, fragte sie und deutete dabei auf meine Bandage. Wie selbstverständlich ging sie auf den Kunstversteher zu. Auch er begrüßte Eva wie eine alte Bekannte. »Sie kennen einander?«, fragte Harry. »Fräulein Eva und ich kamen an einem sehr netten Nachmittag im Österreichischen Hof über ihre bemerkenswerte Fotografie-Sammlung ins Gespräch, nicht wahr, Madame?«, näselte der Professor. Das war Evas Stichwort.

»Aber jetzt möchte ich Ihr Urteil, Professor.«

Sie breitete Fotos auf einem dieser amerikanischen Stehtische vor uns aus und stellte ihre nervtötenden Fragen. »Was sehen Sie in diesen Bildern?«

Der kleine Mann zückte sein Monokel, stellte sich auf die Zehenspitzen und spähte wie ein greisenhaftes Kind über den Tischrand.

»Lil Dagover, wenn ich mich nicht täusche. Das sparsam eingesetzte Auflicht und die Schatten rundherum bringen eine wunderbare Dramatik in die Szene. Und natürlich ist die Dame fabelhaft inszeniert. Seitlich sitzend wirkt sie schlank, in ein Höheres versunken mit ihren geschlossenen Augen. Und der nackte Arm aus dem fließenden Kleid! Ein sehr attraktiver Kontrast. Hingegen ist dieses hier mit Toscanini ...«, er griff zu weiteren Fotos, »... mein Gott, das ist ja eine ganze Serie! Das wird noch einmal wertvoll sein, Madame, woher haben Sie das?«

Eva ermunterte ihn, weiterzusprechen.

»Diese Serie ist natürlich speziell. Sie wirkt wie eine Reihe von Schnappschüssen. Wie Toscanini hier das Auto verlässt und über die Straße eilt, schauen Sie.«

Der kleine Mann sank wieder auf seine Fersen und sah Eva durchdringend an. »Von irgendwoher kenne ich Sie. Waren Sie vor dem Krieg schon einmal in Salzburg? Vielleicht bei den Festspielen?«

»Oh nein«, lachte Eva, »da müssen Sie mich verwechseln.«

Der Professor widmete sich wieder den Fotos.

»Das vermeintlich Zufällige konstruiert hier einen einmaligen Moment. Es ist, als würden wir neben Toscanini stehen, nicht wahr? Da wusste jemand schon genau, was er wollte. Eine Arbeit für eine Illustrierte, nehme ich an? Jetzt müssen Sie mir aber sagen, woher diese Bilder stammen, Madame.«

»Gerne. Vielleicht besuchen Sie mich noch einmal im Österreichischen Hof?«

Harry und ich hatten genug von dieser Vorstellung. Eva packte ihre Fotos ein und wollte den Professor mitnehmen. »Ich muss hier noch eine Kleinigkeit erledigen«, fistelte der, als würde er singen, »auf bald im Österreichischen Hof.« Er nickte uns zu und ging die Treppe hinauf. Was wollte er da oben mitten in der Nacht?

Vor dem Theater stand ein Amischlitten. Flach wie eine Flunder und lang wie ein Hecht. Offenes Coupé, so etwas hatte ich bisher nur im Kino gesehen. Eva stieg in den Wagen, als würde er ihr seit Jahren gehören, und machte es sich auf der Fahrerseite bequem. Sie ließ den Motor an und schaltete die Scheinwerfer ein. »Na kommen Sie, Max, Lust auf eine kleine Spritztour?« Mein Blick fiel auf Harry. »Sind unsere Befreier wieder einmal großzügig? Wo gibt es denn den Bezugsschein für so einen Nobelschlitten?« Harry blickte trüb drein. Als wir losfuhren, stand der Chef der amerikanischen Streitkräfte von Salzburg allein vor dem Landestheater wie ein übrig gebliebener Tanzschüler.

Geheimtreffen

Kaum waren Eva und Max verschwunden, machte ich auf dem Absatz kehrt und ging ins Theater zurück. Ich fand den Professor nicht gleich, aber eine Dame mit einem sehr schönen Lächeln führte mich zu ihm.

Auf einem Flur hörte ich schon von Weitem laute Männerstimmen. Sie stritten. Als wir näherkamen, verstand ich Wortfetzen wie »die Tauern«, »Kloster Bozen« und »Tante Anna«. Das ergab keinen Sinn, deshalb merkte ich mir die Worte. Die Dame klopfte an eine Tür mit der Aufschrift »Direktion« und öffnete sie sofort. Die Elite von Salzburg saß an einem Tisch. Schlagartig trat Stille ein. Mittendrin der Theaterdirektor, der Kunstsachverständige und ein Geistlicher in einer Soutane. »General«, begrüßte mich der Professor, er sprach meinen Dienstgrad deutsch aus.

»Darf ich Ihnen Pater Anselm und die anderen Herren vorstellen? Wir besprechen gerade die Gründung eines Wohlfahrtsvereins.«

»Ich will gar nicht stören. Ich muss Sie kurz unter vier Augen sprechen.«

»Wir sind ohnehin gerade am Ende unserer Unterredung«, löste der Theaterdirektor die Zusammenkunft auf.

Auf der Straße bat ich den Professor, in meinen Wagen zu steigen, und kam sofort zur Sache.

»Ich muss Ihre Dienste leider sofort in Anspruch nehmen. Sie haben eine Nacht. Morgen früh brauche ich das Ergebnis.«

»Aber das werde ich kaum schaffen, und ich habe gar nichts bei mir.«

»Wir werden Sie mit allem versorgen. Eine Nacht. Ihre Bezahlung holen Sie sich im Camp Riedenburg ab unter dem Stichwort ›Mary 46‹«.

Zehn Minuten später übergab ich ihn unserem Geheimdienst und ließ ihn in einer Instant-Vernehmung überprüfen. »Sauber«, meinte der Officer nach einer Dreiviertelstunde. Kurze Zeit später wurde der Professor in einem Jeep mit zwei Mann Bewachung zum Goldzug gefahren. Nach dem Bericht meiner Leute verlangte er nach einer Stunde eine Präzisionswaage und eine Lupe, später einen Kaffee. Er ließ sich Bücher aus seiner Wohnung bringen und einen Koffer mit Gerätschaften. Um 6:30 Uhr präsentierte er mir das Ergebnis. Es handelte sich vorwiegend um Fälschungen. »Sicher nicht aus jüdischem Besitz, die geben sich mit drittklassiger Ware nicht ab«, scherzte der Professor. Wahrscheinlich sei es ein Tarn-Zug, der vom eigentlich wertvollen Transport ablenken sollte. Er schätzte den Inhalt der inzwischen nur mehr 20 Waggons auf etwa 50 000 Dollar. Ich ließ ihn eine Verschwiegenheitserklärung unterschreiben und erwähnte beiläufig, dass gerade überraschend viele Menschen in Salzburg verschwinden. Vor allem diejenigen, die sich mit uns anlegten. Seine Einschätzung ging per Telex sofort an General Clark. Ich war rehabilitiert. In dieser Nacht schlief ich wie ein Stein.

Die Jagd

Schweigend fuhren wir durch die Nacht. Der Wind klatschte uns die ersten Insekten ins Gesicht. Max hatte mich gebeten, ihn an den Stadtrand zu bringen, Richtung Parsch. Ich nutzte die Gelegenheit, um an seine Recherchen zu kommen.

»Was wissen Sie inzwischen über Frau Ellinger?«

»Nichts. Obwohl, doch. Sie war letzte Woche beim Friseur. Sagt jedenfalls Grusel-Rosi.«

»Was für ein Friseur? Welche Rosi?«

»Welcher Friseur es war, weiß ich nicht. Rosamund Moné hat sie dort getroffen.«

»Das ist doch keine Information! Sie sind völlig unbrauchbar.«

»Sie könnten ruhig mal netter zu mir sein. Übergeben Sie den Fall doch der Polizei.«

»Ach, Sie wollen aufgeben? Ich hätte Ihnen mehr zugetraut. Öffnen Sie das Handschuhfach.«

»Wollen Sie mich schon wieder erschießen oder muss ich es selbst tun mit meiner eigenen Mauser, die Sie da hineingelegt haben? Übrigens hätte ich die danach gerne zurück.«

»Öffnen!«

Im Handschuhfach fand er ein kleines Paket.

»Sie sind ein Engel, Engel. Geld macht mich immer so romantisch.«

Ich stoppte den Wagen mit einer Vollbremsung.

»Raus hier. Und bringen Sie mir endlich etwas Brauchbares. Sie wollen doch keinen Ärger?«

Hinter uns blitzten Scheinwerfer auf, ein Motor heulte. Schon krachte der Angreifer ins Heck meines Wagens. Ich gab sofort wieder Gas. Vergeblich, er holte uns ein, rammte erneut unsere Stoßstange. Noch immer konnte ich den Fahrer nicht erkennen. Den Wagen hatte ich schon kurz nach dem Theater im Rückspiegel bemerkt. Ich holte alles aus dem Buick heraus und fuhr kreuz und quer in Richtung Parsch. »Engel, wenn Sie so weitermachen, sind wir beide morgen tot«, rief mir Max mit eingezogenem Kopf zu. »Dann haben wir ja noch heute. Festhalten!« Ich drückte das Gaspedal bis zum Anschlag und hielt gen Nordwesten. Als wir in die Nähe von Gnigl kamen, wusste ich, wo ich ihn erledigen würde. In 800 Meter Höhe, auf elf Kilometern Kurven. Der Gaisberg. Eine Autorennstrecke. In der Statistik eine hübsche Serie gequetschter Hirnmasse, durchtrennter Halsschlagadern, gebrochener Schädel. Waidmannsheil, ich war in Stimmung. Bevor ich ihn dort kaltmachen würde, bog ich mit quietschenden Reifen in einen Seitenweg ein. Ganz in der Nähe kannte ich einen Bauernhof. Auf den letzten Metern schaltete ich das Licht aus und den Motor ab. Unser Verfolger irrte auf dem Hauptweg herum. An einer Scheune ließ ich den Wagen ausrollen. Max befahl ich, zu schweigen. Wir lauschten in die Nacht. Nach einer Weile zerschnitt er die Stille: »Hat Niki Lauda auch Angst vor Ihnen?« »Den gibt's noch gar nicht«, wollte ich gerade sagen, aber da hörte ich einen Knall und spürte etwas an meinem rechten Ohr vorbeifliegen. Ein Bauer saß im Fenster und richtete den rauchenden Lauf seiner Schrotflinte auf uns. »Runter!«, schrie ich Max an und startete den Motor. Nach einigen Metern fädelte ich mich auf die Gaisbergstraße ein. Im gleichen Moment blitzte etwas im Rückspiegel.

NICHT DER SCHON WIEDER
VROOOOOM!
BAM!

SIND WIR SCHON TOT?
NICHT SO UNGEDULDIG!
GRRUAHH!
ZOOOOM!

CRASH!
BASH!
BOOM!

»Sagen Sie mal, sind Sie in Schwierigkeiten?«, fuhr ich Max an, als wir wieder unten in Aigen waren. »Wer war der Kerl?!« Er sah mitgenommen aus. Stoisch blickte er geradeaus. Dann sagte er leise und betont sachlich: »Ich will, dass Sie mich jetzt küssen, Eva. Mit einem dieser Lügnerküsse, die so tun, als hätten Sie sich in mich verliebt, und etwas ganz anderes meinen. Jetzt machen Sie schon.«

»Frauen küssen nicht nach Aufforderung! Außerdem«, jetzt sah ich ihn mit großem Vergnügen an, »Küsse bedeuten mir nichts.« Ich schmiss ihn raus. Sollte er den Rest doch zu Fuß gehen.

Verrat

Evas Amischlitten hinterließ eine Staubwolke. Nach einem Moment blickte ich mich noch einmal um und sah, wie sie in einiger Entfernung den Wagen rückwärts in eine Gasse schob. Wir waren in Aigen. Tiefste Vorstadt. Da hinten war nichts, außer ein paar Villen. Was wollte sie da, mitten in der Nacht? Irgendwo bellte ein Hund. Ich ging die Traunstraße nach Westen. In einer knapp 200 Meter kurzen Gasse stand ihr noch nicht ausgekühlter Wagen vor einer weißen Mauer. Das Tor zu einem Grundstück war mit Brettern vernagelt. Ich kannte mich hier aus, wir waren nur eine halbe Stunde Fußweg von Parsch entfernt. Und ich kannte auch diesen verrammelten Hintereingang. Er führte in den Park der Trapp-Villa. Auf dem Grundstück war es finster. Zweige schlugen mir ins Gesicht. Nach 20, 30 Metern hörte ich ein Wimmern, oder war es Gesang? Ich folgte der Stimme. Das Summen kam aus einem mit Ziegelsteinen gemauerten Abgang, wahrscheinlich zu einem Bunker. Ich näherte mich vorsichtig. Kletterte hinein. Da saß – ein Menschenbündel. Vollkommen eingehüllt in Lumpen, die beim Aufstehen wohl vom Körper gefallen wären. Daneben türmten sich weitere Lumpen, vielleicht eine Bettstatt. Eine Blechtasse und ein Teller. Im Gesicht des Menschen war die Frau kaum erkennbar. Sie kümmerte sich nicht um mich, bewegte ihren Oberkörper rhythmisch vor und zurück und summte eine Art Wiegenlied. Ein Schauer überkam mich. Nicht, weil sie so verwahrlost war. Weil dieser Krieg aus Menschen Kreaturen gemacht hatte. Ich legte ihr meine Zigaretten und Zündhölzer hin. Vielleicht konnte Harry mehr für sie tun.

Aus der Dunkelheit schälte sich die beeindruckende dreistöckige Villa mit einem Zwiebelturm. Tür und Fenster am Hintereingang waren mit weiß gestrichenen Eisenverzierungen gesichert. Ich ging um das Gebäude herum. Auch der Eingang war mit Brettern vernagelt. An der Giebelseite fand ich ein Fenster, dessen Glasscheibe zerschlagen war. Ich zog einen kurzen, dünnen Baumstamm heran, stellte ihn schräg ans Haus und stieg ein. Die Flamme meines Feuerzeugs brachte eine Küche zum Vorschein. Es standen noch Gläser herum, ein gefüllter Aschenbecher. In die Holzwand waren Hakenkreuze und Runen geritzt. Ich ging zur Tür, um in die anderen Räume zu gelangen. Sie ließ sich nur einen Spalt öffnen, dann spürte ich einen Widerstand. Mehrmals versuchte ich es. Drückte mit ganzer Kraft dagegen. Es dauerte. Ich schwitzte vor Anstrengung. Es roch seltsam. Endlich öffnete sich die Tür, ich sprang hindurch und entzündete noch einmal mein Zippo. Da fuhr ich mit einem solchen Entsetzen zurück, dass ich hinfiel. Vor mir lag ein riesiger, halb verwester Hund mit aufgerissenem Maul.

An anderen Räumen vorbei führte mich ein Flur in die Empfangshalle. Sie war leer geplündert. Einige Sprossen fehlten im Geländer der imposanten Treppe aus dunklem Holz. Ich wollte hinaufgehen. Da hörte ich Stimmen und löschte das Licht. In einem Sims gegenüber der Treppe fand ich ein Versteck. Das alte Holz der Stufen ächzte unter den Schritten, die sich zu mir hinunterbewegten. Sie kamen näher. Ich drückte mich noch tiefer in mein Versteck und versuchte, flach und gleichmäßig zu atmen. Etwa in der Mitte der Halle blieben sie stehen. Ein Mann begann zu sprechen.

»Alle Informationen laufen über den Professor. Du hältst weiter Kontakt zu den Amis. Wir müssen über jeden ihrer Schritte informiert sein. ›Tante Anna‹ läuft wie geplant. Machst du einen Fehler, bist du tot.«

»Und was, wenn ich gar nicht mitmache?«, erwiderte das Gegenüber. »Ihr braucht mich. Niemand ist so nah an denen wie ich.«

»Selbstverständlich machst du mit. Du machst mit, weil du nicht willst, dass wir alles, was du getan hast, den Amis verraten. Oder den Russen. Willst du das? 30 Jahre Steine schleppen in Sibirien? Das ist ein sehr langsamer Tod.«

Ich lugte aus meinem Versteck, aber konnte nur Schemen erkennen.

Der Kerl entzündete ein Streichholz. Kurz sah ich sein Gesicht. Eine Narbe auf der rechten Wange. Ich erkannte den Schläger vom Landesgericht. Er gab seinem Gegenüber Feuer. Der Schein der Flamme schickte mir aus der Dunkelheit ein zweites Gesicht.

Es war Eva.

Sie ging einen Schritt auf diesen Mann zu und umarmte ihn.

»Aber Hans. Ich weiß doch noch viel mehr über dich.«

»Du wirst mich nicht ans Messer liefern. Weil du mich liebst«, gab er trocken zurück und blies die Flamme des Streichholzes aus.

»Ich werde dich immer lieben«, sagte Eva, löste sich aus der Umarmung und ging davon. Er folgte ihr.

Ich hörte mein Blut rauschen. Spürte eine völlige Leere. Lauschte den Geräuschen einer alten Villa in der Nacht. Eva, eine Narzisse. Verbandelt mit dem Kerl, der mich in die Hölle geschickt hatte. Ich hatte genug gesehen.

Ich schlug mich zu unseren Lagerhallen in Parsch durch und gab meinen Jungs Order. Morgen würde unser Coup starten. Ich bereitete mich darauf vor wie ein Arzt auf eine Herztransplantation.

Die Warnung

Es war mir recht, Salzburg für ein, zwei Tage zu entkommen. General Clark wollte mich von meinem Kleinstadt-Blues erlösen und hatte mich nach Wien bestellt. In einer großzügigen Wohnung am nordwestlichen Stadtrand machte ich es mir bequem. Wir hatten sie einem Nazi entzogen, erfuhr ich vom Sergeant, der mich vom Bahnhof abgeholt hatte. Wahrscheinlich hatte sie vorher einer jüdischen Familie gehört. Warum kümmerte sich niemand darum, all das Nazi-Raubgut wenigstens zu erfassen? Die preußische Bürokratie hatte hervorragende Vorarbeit geleistet. Der Zug fiel mir ein. Clark musste endlich eine Entscheidung treffen.

Ich ging auf die Terrasse und schaute mitten in einen Weinberg. Die Sonne stand tief, und der Horizont machte sich fein für ein kitschiges Abendrot. Die Luft schmeckte nach Sehnsucht. Ein enormes Glücksgefühl stieg in mir auf. Es verschwand gleich wieder mit Bildern, die ich in den vergangenen Jahren gesehen hatte. Mit den Blicken der Kinder, die wir aus Dachau befreit hatten. Mit Leichenbergen. Mit einem zitternden Nazi, den wir in Bayern aus einem Erdloch geholt hatten. Mit Evas Lachen. Mir war zum Heulen. Ich setzte mich in einen der Korbsessel und stellte fest, dass ich seit acht Jahren nur funktioniert hatte. Ich hatte niemals auf irgendeiner Wiese gelegen oder eine Frau im Arm gehabt. Ich hatte mich niemals betrunken oder darüber nachgedacht, was ich da tue. Ich habe Befehle ausgeführt. Nein, streichen Sie das. Ich klinge wie ein gottverdammter Nazi.

Im Sacher gab es genau die gleichen Schweizer Zuckerwürfel wie im Österreichischen Hof. Eingewickelt in Papier mit einem blau gezeichneten Bergpanorama. Und auch sonst war hier alles wie in unserem Hotel, denn auch dieses gehörte den amerikanischen Streitkräften. In Wien war das ein Triumph, denn im Gegensatz zu Salzburg ritterten hier auch die Russen, Briten und Franzosen um das beste Stück. General Clark erschien mit einer Miene, als müsse er das gute Sacher an die Russen abtreten. Ich stand auf. Er rückte zwei Kaffeehaussessel weit voneinander entfernt, setzte sich und bot mir den gegenüberliegenden Platz an.

»Machen wir es kurz, Collins. Ab sofort wird Ihnen Sergeant Unger in Salzburg zur Seite gestellt. Er ist schon in Ihrem Headquarter und macht sich mit seinen Aufgaben vertraut. Sie kümmern sich weiter um die Belange der Stadt. Sergeant Unger wird den Goldzug übernehmen und Spezialaufgaben. In beidem sind Sie ihm unterstellt.«

Wahrscheinlich hatte er nur schlechte Laune.

»Selbstverständlich, Sir. Aber mit Verlaub, ein Sergeant kann keinen General befehligen.«

»Keinen Widerspruch, Major! Normalerweise müsste ich Sie jetzt sofort entlassen. Unehrenhaft. Verstehen Sie es als letzte Warnung.«

Die Stille, die jetzt kam, kannte ich aus meiner Zeit in der militärischen Ausbildung. Es ist die kurze Feuerpause, bevor zum entscheidenden Angriff übergegangen wird. Clark nahm langsam einen Schluck Kaffee.

»Dass Sie Ihre Geliebte im Österreichischen Hof auf unsere Kosten unterbringen, geschenkt, Harry, ich hätte viel zu tun, würde ich so etwas in jedem County von Österreich verfolgen. Dass Sie in meinem Namen Unmengen dringend benötigter Ware bestellen, zeugt von Größenwahn. Sie sind Ihrer Aufgabe offenbar nicht gewachsen.«

Clark setzte sich weiter zurück in seinen Sessel. Auf seiner Schläfe schwoll eine Ader an.

»Aber das hier, Collins, das schlägt dem Fass den Boden aus! Sie haben versagt!«

»Was denn, um Gottes willen?«

Clark rutschte nun wieder weit nach vorn auf seinem Sessel, als wollte er sichergehen, dass er mir so jederzeit eine verpassen könnte.

»Der Inhalt des Zuges ist 150 Millionen Dollar wert. Megabugs, Harry, und nicht 50 000 läppische Scheine! Für wie blöd halten Sie mich? Das war eine Falle, mein Freund. Wir haben Sie schon lange im Auge. Ihr süßes Leben, Hollywood-Harry, damit haben Sie sich Ihre eigene Schlinge geknüpft. Noch in der Nacht, als Sie Unger in die Kaserne geschickt haben, hat er mit seriösen Experten aus Wien und München den Wert des Zuges bestimmt. Ja, Sie haben sich da ein schönes kleines Imperium in Salzburg aufgebaut. Aber Sie kennen kein Maß mehr, Sie bereichern sich!«

»Sir, das ist ein Missverständnis, ich kann das alles ...«

»Ich mach hier die Witze. Dieser lächerlich fingierte Raub geht wahrscheinlich auch auf Ihr Konto. Wie verschiebt man derzeit am besten Gold und Kunst? Keine Sorge, wir werden das nicht verfolgen. Wir haben überhaupt keine Kapazitäten dafür! Warum Sie einen Kunstexperten mit Nazi-Vergangenheit für diese sensible Sache engagiert haben und jetzt auch noch mit unseren Feinden kollaborieren, bleibt mir allerdings schleierhaft. Ich habe mich in Ihnen getäuscht.«

»Sir, das darf nicht so stehen bleiben. Hören Sie mich an ...«

»Das ist alles. Abtreten!«

Ich stand auf und sah lang auf den besten Hochkommissar unserer Streitkräfte in Europa. Wir waren etwa gleich alt und hatten viel zusammen erlebt. Ein Mann, zu dem ich aufschaute. »Verschwinden Sie!«, rief er mir mit einer abfälligen Handbewegung zu.

Ich hätte nicht von Scotch zu Martinis wechseln sollen, und ich hätte niemals die Stelle in Salzburg annehmen dürfen. In den folgenden 24 Stunden soff ich durch. Ich war in verschiedenen Bars, deren Namen ich Ihnen nicht mehr sagen kann. Ich überlegte mir eine saftige Strafe für den Professor, der mich reingelegt hatte. Dem ich auch noch viel Zeit gegeben hatte, sich im Zug umzusehen, ich Idiot! Ich malte mir aus, wie sich meine Leute hinter meinem Rücken über mich lustig machten, weil ich jetzt einem Sergeant unterstellt war. Ich stellte mir auch vor, wie ich

Unger eine verpassen würde, bis er ohnmächtig liegen blieb. Ich hatte viele Begegnungen mit Eva in meinem Kopf, die nie stattgefunden haben. Zum Frühstück verdrückte ich in irgendeinem Café drei Eier und mehrere Cognacs. Ich traf einen Engländer, der mich über meine Arbeit ausfragte. Vor allem, wie wir mit dem Schleichhandel umgehen. Warten Sie, er hat mir seinen Namen aufgeschrieben. Hier, Graham Greene, der wohnte auch im Sacher.

Am nächsten Morgen rasierte ich mich, zog meine Uniform in der exakt richtigen Reihenfolge an und bestieg den Zug nach Salzburg. Ich funktionierte.

Das Rollfeld

Ich musste die Stadt verlassen. Sofort. Sie hatten alles über mich herausbekommen, und sie hatten mich in der Hand. Es goss in Strömen. Ich ging in meinem Hotelzimmer hin und her, um meine wenigen Kleider einzupacken. Ich beeilte mich, denn ich wusste, sie würden nicht lang auf sich warten lassen. Nichts hatte sich verändert in Salzburg, dieser Provinzbühne im barocken Geschenkpapier. Harry hatte keine Ahnung. Nicht er regierte die Stadt, nicht seine GIs oder lächerlichen Verordnungen. Die alten Seilschaften funktionierten. Nur ihre Methoden waren brutaler geworden.

Max hatte ich einen Brief geschrieben mit weiteren Instruktionen zu Betty Steinhart. Und zu dieser anderen, Frau Ellinger. Ich müsste kurz verreisen und würde ihn anrufen, versprach ich. Auf dem Hotelflur kam mir ein GI entgegen. Ich ließ ihn meine Koffer die Treppen hinuntertragen, weil der Lift kaputt sei, und kam so unbemerkt an Herrn Franz in der Rezeption vorbei. Eine halbe Stunde später war ich auf dem Flughafen. Der Salzburger Schnürlregen macht jeden Abschied leicht.

Unter dem Vordach des Flughafengebäudes rauchte ich eine Zigarette und beobachtete ein Militärflugzeug, das auf dem Rollfeld seine Position einnahm. Es war silbern mit orangefarbenen Streifen auf den Tragflächen und bewegte sich geschmeidig vor und zurück, wie eine Tänzerin. Nach meiner Ankunft würde ich mit dem Zug in eine nächste Stadt reisen und von dort mit dem Auto in eine andere. An den Silberpfeil wurde eine Treppe auf Rollen geschoben. Ein Mann, den ich nicht kannte, ging ganz nah an mir vorbei. Er hielt das Zeichen, eine zusammengerollte Zeitung, und ließ einen Berechtigungsschein als Passagier in meine geöffnete Handtasche gleiten. Wir sahen einander nicht an.

Plötzlich preschte ein VW Käfer aufs Rollfeld und hielt mit quietschenden Reifen. Max sprang heraus und brüllte über das gesamte Gelände: »Engel, nein, gehen Sie nicht!« Einige Soldaten drehten sich um und lachten. Max eilte auf mich zu.

»Machen Sie nicht so einen Wirbel«, empfing ich ihn.

Er griff wieder nach meinen Armen, sanfter als im Hotelzimmer, und sagte: »Wenn Sie jetzt gehen, werden Sie es später bereuen. Vielleicht nicht heute, vielleicht nicht morgen, aber bald, und dann bis ans Ende Ihres Lebens.«

»Oh Gott, Max! Sie gehen zu viel ins Kino. Achten Sie das nächste Mal genau auf Humphrey Bogarts Spiel, während er das sagt. Der zappelt nicht und atmet ganz ruhig.«

Die Maschine vor uns fasste gerade einmal zehn, 15 Passagiere. Nach und nach stiegen sie ein, die wenigsten in Zivil.

»Ich habe Informationen. Damit gehört Ihnen die gesamte Stadt.«

»Schön, aber jetzt gehen Sie mal nach Hause. Sie können mir das alles morgen am Telefon erzählen.« Ich schaute mich um und senkte meine Stimme: »Wenn ich noch einen Tag in Salzburg bleibe, werden Sie mit mir untergehen.«

Jetzt waren alle Passagiere an Bord. Außer mir. Ich nahm meinen Koffer und wandte mich von Max ab, zum Flugzeug.

»Oder wir lernen gemeinsam schwimmen«, rief er mir hinterher.

Der Officer in der Flugzeugtür wurde ungeduldig: »Wollen Sie jetzt schwimmen oder fliegen? Miss, wir heben gleich ab.«

Max hatte mich wieder eingeholt.

»Engel, Betty Steinhart hat ein Album mit Fotos vom April '38. Ganz Salzburg steht Spalier und begrüßt Hitler. Sie heben euphorisch die Hand, auch der …«, jetzt warf der Pilot die Maschinen an, und ich konnte Max nicht mehr verstehen.

»und der … neben ihm, das glauben Sie nicht. Man kann ihre Gesichter erkennen. Das ist Sprengstoff, Eva, damit haben wir sie in der Hand.«

Irritiert stellte ich mein kleines Gepäck ab. »Was für ein Album?«

Max witterte Morgenluft und überschlug sich beim Sprechen.

»Das wollte ich Ihnen ja alles erzählen. Ich habe es im Atelier Ellinger, sagen wir einmal, gefunden. Wir müssen es uns genauer ansehen, Bild für Bild. Es stellt sich die Frage, ob Betty Steinhart jemanden damit erpressen könnte. Eva, was wissen Sie von all dem?«

Blitzschnell griff ich nach meinem Koffer und wünschte, mit diesem Flugzeug in ein anderes Leben zu fliegen.

Betty

Ich stand am Fenster in ihrem Hotelzimmer und sah einem Flugzeug im Himmel nach. Von dort aus, so hatte ich einmal gehört, sieht Salzburg aus wie eine Spielzeugstadt. Vielleicht hat die Physik das so eingerichtet, um dem Abschied das Elend zu nehmen. Ihr Duft hing im Raum und schmerzte. Ich drehte mich um und blickte auf einen kleinen Wasserfleck auf dem Boden. Dann auf Eva in ihrem nassen, tropfenden

Mantel. Wir hatten seit dem Flughafen kein Wort gesprochen. Ich hatte ihren Koffer genommen. Wie in einer stummen Übereinkunft waren wir zu meinem Auto gegangen. Mit leerem Blick war sie eingestiegen. Die Scheibenwischer konnten die Regenmassen kaum bewältigen. Ihr rhythmischer Takt beruhigte unseren Herzschlag. Kein Auto kam uns entgegen, kein Mensch war auf der Straße. Auf einmal wirkte die Stadt, als hätte sie noch nie ein Verbrechen gesehen oder ein böses Wort gehört. Als wäre sie allein dazu da, zwei verlorene Seelen und stumm stehende Häuserzeilen mit stetig rinnendem Wasser zu umspülen. Den gestohlenen Wagen stellte ich irgendwo ab. Seltsam fern wirkte die Welt. Schweigend und ohne Eile gingen wir durch den Regen. Es war der friedlichste Spaziergang meines Lebens.

Jetzt stellte sie ihren kleinen Koffer auf dem Boden ihres Hotelzimmers ab, gleich neben den Wasserfleck, und zog ihren nassen Mantel aus. Dann verschwand sie im Badezimmer. Als wäre sie allein, kam sie mit einem Handtuch um den Kopf zurück, in einem seidenen Bademantel. Sie setzte sich in einen Sessel und gab sich ganz einer namenlosen Traurigkeit hin. Die Stille umhüllte uns wie eine warme Decke. Sie wurde nur einmal von einem vorbeifahrenden Auto unterbrochen. Später wechselte der Regen seinen Rhythmus. Als sie zu sprechen begann, erschrak ich.

»Betty würde so etwas niemals tun.«

»Was?«

»Jemanden erpressen. Das wäre ihr zu unproduktiv.«

»Woher wollen Sie das wissen?«

»Ach, Max«, sagte sie wie unter der Last von 20 Leben, »Sie wissen gar nichts.«

»Erzählen Sie es mir.«

Sie lachte. Da war er wieder, der Panzer, den sie wie ein Reptil jederzeit hervorholen konnte, wenn Gefahr drohte. Dass jemand zur wirklichen Eva vordringen könnte, schien ihr ein unaushaltbarer Gedanke. Als wäre ihr Leben in Gefahr. Sie hatte verschiedene Panzer. Lachen, schweigen, den anderen lächerlich machen, so tun, als hätte sie es nicht gehört. Im Ernstfall drehte sie sich einfach um und ging.

Ich setzte mich zu ihr.

»Erzählen Sie es mir, Eva. So etwas wie Moral kenne ich nicht, die gibt's in der Kirche. Ich höre Ihnen nur zu.«

»Vielleicht sollte ich uns etwas zu essen bestellen, die bringen einem das hier aufs Zimmer.«

Stimmt, den hatte ich vergessen. Abrupt das Thema wechseln.

Sie verschwand wieder im Badezimmer und kam angekleidet zurück, setzte sich. Ich schaute sie lang an. Dann fragte ich: »Wer waren Sie im Frühjahr 1938, als dieses Land sich entschieden hat, einem Wahnsinnigen hinterherzulaufen?«

Sie schwieg wie ein verstocktes Kind.

»Wer – sind – Sie?«

Sie stand auf, ging nach vorn, dann wieder zurück, nach vorn. Als nehme sie Anlauf. Sie schnaufte, wurde fahrig. Plötzlich drehte sie sich zu mir um.

»Ich bin Betty. Betty Steinhart.«

Mein Puls schnellte in die Höhe, der Atem versagte mir für den Bruchteil einer Sekunde. Ich sprang zu ihr hoch, packte sie.

»Macht es Spaß, mich im Kreis herumzuschicken? Haben Sie sich gut amüsiert, ja?«

Ich ließ sie los, wandte mich ab.

»Sie widern mich an.«

In ihren Körper kehrte die Spannung zurück. Sie hatte ihre verfluchte, herbeigespielte Überlegenheit wieder. Doch in ihrer Stimme lag eine irritierende Verzweiflung.

»Ich wollte doch nur wissen, ob die Leute … Diese Fotos wurden tausendfach abgedruckt, jeder kennt sie …«

»... aber niemand kennt Betty Steinhart«, unterbrach ich sie, »niemand interessiert sich für den Menschen, der hinter diesen Bildern steckt. Sie sind verletzt. Sie schlagen zurück. Und weil ich hier zufällig gerade herumstehe, trifft es meine Magengrube.«

»Blödsinn!«

Sie kam auf mich zu, legte beide Hände an meine Schultern und schaute mir in die Augen.

»Ich wollte Sie doch nur kennenlernen. Näher ...«

Sie machte sich nicht einmal mehr die Mühe, ihren Lügen Glaubwürdigkeit anzuspielen. Die Wut peitschte meinen Herzschlag bis an den Hals. Sollte ich sie würgen? Küssen. Nein würgen. Ich entschied mich für beides. In einer sehr sanften Version.

Der Regen trommelte gegen die Fensterscheiben, und wir lagen, bekleidet wie wir waren, auf ihrem Bett. Für vielleicht 20 Sekunden ging so etwas wie Zärtlichkeit von ihr aus. Sie hatte darin eine Unbeholfenheit, die mir einen Stich versetzte. Eva zitterte. Sie zitterte bei ihrem Versuch, eine wirkliche Nähe zwischen sich und einem anderen Menschen herzustellen. Ich nahm ihre Geste nicht auf, blieb stumm. Wir waren beide zu beschädigt, zu kaputt von all dem, was wir erlebt hatten, als dass wir einander wahrhaftig in die Augen sehen konnten. Stattdessen klammerten wir uns in der Dunkelheit aneinander und ließen den Regen jedes unserer Vergehen, all unser Wollen und unser Unvermögen davonwaschen. Zumindest für diesen einen Moment war alles andere vergessen.

Amok

Die Kleinstadt empfing mich mit Gewohnheit, und das war mir recht. Als ich den Zug aus Wien verließ und in Richtung Haupthalle des Salzburger Bahnhofs ging, war mir alles vertraut. Die Frau mit ihrem Rucksack, ganz offensichtlich auf Hamstertour. Die Schleichhändler mit ihren gestreckten Zigaretten, die einen großen Bogen um mich und meine Uniform machten. Die zwei ausgebrannten Bauerngesichter mit starren Augen, die irritiert den Bahnsteig absuchten. Unsere GIs, die mir salutierten. Salzburg war für mich inzwischen weit mehr als irgendeine Station auf unserem Europa-Feldzug. Ich wagte es kaum zu denken, denn solche Dinge denke ich nicht gern, aber diese gottverdammte Stadt war mein Zuhause geworden.

Im Headquarter schienen sie alle Bescheid zu wissen. Kaum jemand wagte es, mich anzusehen. Die üblichen Scherze auf dem Flur blieben aus, jeder beeilte sich, mir aus dem Weg zu gehen. »Ist jemand gestorben?«, fragte ich den Sergeant, als er mir die Berichte der vergangenen Tage brachte. »Sergeant Unger bittet Sie um eine Unterredung. In einer Stunde.« Eine Vorführung meiner Entmachtung. Der Kerl hatte es offenbar eilig. Ich ließ mir Zeit, studierte die Protokolle meiner Leute.

Gleich nach seiner Ankunft in Salzburg hatte Unger einige meiner Befehle außer Kraft gesetzt, auch die Bewachung von Max und Eva. Das gehörte nicht zum Goldzug und überschritt seinen Machtbereich bei Weitem. Max war immerhin von mehreren Soldaten meiner Einheit am Abend vor dem schrecklichen Ereignis noch gesehen worden, als er gemeinsam mit Eva den Österreichischen Hof betrat. Sie hätten ausgesehen, als wären sie Hotelgäste, die gerade angekommen waren – völlig durchnässt vom Regen und mit einem Koffer. Erst am nächsten Morgen, so hatte angeblich der Hotelportier ausgesagt, habe Max Evas Zimmer wieder verlassen. Der kann das gar nicht wissen, die Rezeption ist nachts unbesetzt. Ich überflog die Meldungen. Ungers Bericht las ich genau. Er vermerkte zu Beginn, dass er einen Tipp bekommen habe. In der Nacht würden Unbekannte den Goldzug überfallen. Er habe drei Einheiten mit je 20 Mann zusammengestellt und nach Einbruch der Dunkelheit rund um den Zug positioniert. Eine an der Zufahrt zur Straße, eine Richtung Hinterland und eine direkt am Zug. Einige Männer hatten sich mit ihrem M2-Karabiner am Anschlag auf die Waggons gelegt und das Schienengelände überwacht. Andere verschanzten sich auf den Kupplungen zwischen den Waggons. Die Verlässlichsten versahen ihre Aufgabe im Zug, direkt neben den Goldkisten. Um 02:23 Uhr wurde erste Feindbewegung wahrgenommen. Damit er die Halunken überführen und auf frischer Tat ertappen konnte, gab Unger nach übereinstimmenden Niederschriften erst im letzten Moment Befehl zum Angriff. Etwa ein Dutzend Männer in Zivil hatte sich bereits an die Waggontüren herangeschlichen und einige geöffnet, als er durch die Dunkelheit rief: »Amerikanische Streitkräfte. Waffen fallen lassen und Hände hoch!« Sie eröffneten unmittelbar das Feuer. Es muss einen minutenlangen Schusswechsel gegeben haben. Einer unserer Kameraden war sofort tot. Auf der Gegenseite fielen drei. Die verbliebenen Räuber flohen. Einer jedoch sei direkt auf unsere Leute zugerannt und habe dabei sein Kaliber leergeballert. Unger persönlich erledigte ihn mit einem Brustschuss. Der Tote wurde von einem unserer Männer identifiziert.

So stand es in Sergeant Ungers Bericht. Dieser Dilettant hatte nicht einmal den Namen des Toten vermerkt! Ich hasse solche Schlampereien. Bitteschön, damit würde Clark sehen, welch faules Ei er uns hier ins Nest gelegt hatte. Diese Pfeife war jetzt schon Geschichte! Ich frage Sie, woher will Unger diesen Tipp bekommen haben? Der war nicht mal 24 Stunden in der Stadt. Warum spaziert jemand freiwillig in unsere Schusslinie? Ohne jede Deckung? Wer waren die Kriminellen? Warum wurden sie nicht ordnungsgemäß festgenommen? Wir waren eindeutig in der Überzahl! Und vor allem, wer war der Tote? Die österreichischen Behörden mussten informiert werden. Die Angehörigen. Ich hatte hier immer noch die Verantwortung in der Stadt. Die Sache stank gewaltig. Ich nahm die Füße vom Tisch und machte mich auf zu Unger. Ein Fehler. Ich behandelte ihn wie einen Vorgesetzten. Er empfing mich sachlich und sehr ernst.

»Wer waren die Leute, die gestern den Zug überfallen haben?«, fragte ich ihn ohne Umschweife.

»Wir wissen es nicht.«

»Unger, das ist keine Antwort. Ich habe hier das Kommando. Ihr Bericht ist ein Witz! Das ist der zweite Überfall, jetzt auch noch mit einem Mann Verlust auf unserer Seite. Und wieder fehlt die Identität der Verbrecher. Oder haben Sie da etwas?«

»Nein.«

»Auf dem Zug prangt ein Schild. ›Gold zu verschenken‹. Das Ding muss weg. Es wird wieder Überfälle geben. Oder sollen wir dort jeden Tag 100 Mann positionieren?«

»Um den Zug kümmere ich mich. General Clark hat Sie vielleicht ...«

»Sparen Sie sich die Formalitäten. Wenn Sie hier überleben wollen, sollten Sie mit mir zusammenarbeiten. Das ist ein einmaliges Angebot.«

»Selbstverständlich, Sir, ich habe nichts anderes vor. Aber ich muss Ihnen leider noch etwas mitteilen.«

»Was?«

»Wir haben den Toten identifiziert.«

»Ja und? Wer ist es?«

Er ging zurück, wie in Deckung, und stützte seinen Körper an den Schreibtisch.

»Es ist Max.«

Was erdreistete sich dieser Kerl, so vertraut über Max zu sprechen, als wäre er sein Freund? Oder gar meiner?!

»Was soll das?«

»Es tut mir leid, Sir, er wurde von einem Ihrer Männer identifiziert.«

»Hören Sie, Unger, Sie kennen sich noch nicht gut aus hier. Das macht nichts. Salzburg ist klein, in ein paar Wochen haben Sie das alles drauf.«

»Sir, Verzeihung, ich muss Ihnen mitteilen, dass Max, jener Mann, um den Sie sich beispielhaft gekümmert haben, vorbildhaft für unsere gesamte Army, dieser Max ist gestern Nacht bei einem Überfall auf den Goldzug in einem Schusswechsel ums Leben gekommen.«

»Was haben Sie mit ihm gemacht, Sie *lamebrain*?!«

»Er gehörte zu einer kriminellen Bande und hat trotz mehrfacher Aufforderung das Feuer nicht eingestellt. Ich musste ihn erschießen. Sir, es tut mir leid.«

Seine Hand auf meiner Schulter war unerträglich. Er nahm sie weg und sagte: »Manchmal sind die Menschen nicht das, was sie zu sein scheinen. Das ist jetzt sicher hart für Sie, Sir, aber wir haben etwas bei Max gefunden. In seiner Tasche. Ihr Freund stand auf der falschen Seite. Er hat Sie die ganze Zeit belogen.«

In diesem Moment verpasste eine fremde Macht mit meiner Faust Sergeant Unger einen Schlag. Er ging zu Boden. Ich dachte an die Salzach, an ihren hohen Pegelstand. Der Schnee auf den Gletschern war geschmolzen, und die Flüsse im Tal rissen alles mit sich auf Nimmerwiedersehen. Ich besann mich und ging zu Ungers Schreibtisch, wühlte mich durch die Papiere, die darauf lagen. Darunter fand ich ein Foto. Es zeigte Max, wie er mit anderen bei einer festlichen Gelegenheit in genau jenem Saal steht, den er mir an seinem Krankenbett beschrieben hatte, im Landesgericht. Vor der Menge eine Art Anführer, neben ihm andere mit Fackeln. Alle heben die Hand zum Hitlergruß. Auch Max.

Mir wurde schlecht. Wahrscheinlich war ich einfach nur immer noch betrunken von meinen Wien-Eskapaden und das hier alles nicht wahr. Ich steckte das Foto ein, ging vor die Tür und wies an, sich um Unger zu kümmern. Dann sagte ich alle meine Termine ab und ließ mich in den Österreichischen Hof fahren. Ich brauchte Wochen, um zu begreifen, dass Max tot war. Wie einen trüben Fluss durchschritt ich alle Phasen der Trauer. Am längsten hielt ich mich in der Verdrängung auf.

»Lassen Sie mich«, hörte ich Evas Stimme durch die Tür ihres Hotelzimmers, nachdem ich vorsichtig daran geklopft und meinen Namen gesagt hatte. Ruhig bat ich sie mehrmals, zu öffnen, bis sie aufgab. Ihr Anblick war herzzerreißend. Die Augen verquollen. Sie wusste es.

»Ich kann nicht, Harry, bitte«, sagte sie, als ich eintrat.

»Normalerweise widerspreche ich einer Frau nicht, Eva. Ich warte, bis sie es selbst tut«, versuchte ich einen müden Scherz, über den sie nicht lachen konnte. Ich versuchte es anders.

»Vielleicht bin ich nur hier, um nicht mehr so verdammt allein zu sein, Eva.«

Sie setzte sich an ihren Frisiertisch und kämmte ihr Haar.

»Wann haben Sie das letzte Mal gegessen?«, fragte ich sie.

»Was weiß ich, 1911, glaube ich. Auf meiner Firmung. Da war ich 13 und hatte ordentlich Appetit.«

Sie quälte sich ein Lächeln hervor.

»Woher wissen Sie es?«

»Von Unger.«

»Wie bitte?! Woher kennen Sie Sergeant Unger?«

»Ich kenne ihn nicht. Er hat mich heute Morgen ausgefragt.«

»Worüber?«

»In welchem Verhältnis ich zu Max stehe. Und zu Ihnen.«

»Der Kerl überschreitet langsam gehörig seine Kompetenzen!«

Sie sank kraftlos auf ihrem Hocker zusammen.

»Das ist jetzt alles egal, Harry, Max ist tot.«

Ich ging zu ihr und hätte mich beinahe vergessen, so sehr wollte ich ihr Trost spenden, den ich auch brauchen konnte. Aber Sie wissen ja, ich bin ein Gentleman und rührte sie nicht an. Stattdessen griff ich zu einer Lüge.

»Ich traue diesem Unger nicht, wer weiß, ob das alles stimmt, was er sagt.«

Sie drehte sich zu mir um und sah mich an, als würde ich ihr gerade das Leben retten.

»Kommen Sie, Eva, seien Sie 13 Jahre alt und haben Sie einen ordentlichen Appetit.«

Im Restaurant war wenig Betrieb. Der Lunch war vorbei, fürs Abendessen war es noch zu früh. Übereifrig gab uns der Kellner den besten Tisch und pries das Hühnerragout an. Ich bestellte uns Kaffee und die Karte.

»Was wissen Sie?«, fragte Eva.

»Nicht viel.«

Ich schob ihr das Foto von Ungers Schreibtisch hinüber.

»Was sagen Sie dazu?«

Sie blieb völlig ungerührt und gab viel Zucker in ihren Kaffee.

»Das haben damals alle gemacht. Ihr Amerikaner stellt euch die Welt immer so einfach vor. Mit euren Städten wie auf dem Reißbrett, euren Schablonen. Belastet, minder belastet, Mitläufer, entlastet. Das stellen dann 25-jährige Boys ohne jede Lebenserfahrung fest. Und was ist mit all den anderen? Warum erdreistet ihr euch, darüber zu urteilen? Ihr seid fremde Leute von weit weg, die sich hier in nichts auskennen. Ihr lebt nicht einmal unser Leben mit all den Bezugsscheinen und Rationierungen. Ja, für euch ist alles einfach. Aber für uns hier war die Welt nie einfach, schon gar nicht 1938.«

»Woher wissen Sie, dass dieses Foto von 1938 ist?«

»Das habe ich geraten«, sagte sie unbewegt, »eine Beispielzahl.«

»Dann lassen Sie mich alten Yankee doch lernen. Die Welt war nicht einfach, 1938 in Salzburg. Aber Max? Zwischen diesen Leuten?«

Sie schaute noch einmal auf das Foto und erschrak.

»Was ist?«

»Nichts. Ich habe nur vergessen, wie ernst das alle genommen haben. Schauen Sie sich die Leute doch an! Dieses Glühen in den Augen, in den Körpern.«

Wir sahen beide auf das Foto und wurden nicht schlau aus den Menschen darauf.

»Worüber weinen wir, wenn jemand stirbt?«, wechselte Eva plötzlich das Thema.

Ich hatte keine Antwort.

»Sie werden auch noch weinen, Harry, er war Ihr Freund.«

»Sagen Sie das nicht meinem Vorgesetzten. Ich habe keine Tränen, Eva, die hat Gott bei meiner Herstellung vergessen. Aber ich denke, diejenigen, die weinen, tun das Richtige. Vielleicht weinen sie auch über sich selbst. Aber sie machen wenigstens irgendwas.«

Sie schob mir das Foto zurück, ich blickte noch einmal darauf.

»Max hat mir eine ganz andere Geschichte erzählt. Angeblich ist er da im Landesgericht von Nazis zusammengeschlagen und verschleppt worden.«

Eva schaute weg, stand auf und kam mit einer Zeitschrift vom Nachbartisch zurück. Sie hielt mir das Bild einer royalen Schönheit entgegen. Es war gezeichnet, in Farbe.

»Sehen Sie, ein schönes Collier. Smaragd. Diamanten. Weißgold, nehme ich an. So etwas hatte ich auch einmal. Früher.« Sie legte die Zeitschrift weg und schaute mich an. »Max erzählt manche Geschichten. Ist Ihnen das noch nicht aufgefallen? Ich traue ihm nicht. Habe nicht … Ich traue niemandem, vielleicht nicht einmal Ihnen, Harry. Kann ich Sie trotzdem noch einmal um einen Gefallen bitten? Nur noch einen, dann reise ich ab.«

»Natürlich. Ihre Abreise verschieben Sie ruhig. Nach diesem Vorfall darf ich Sie gar nicht gehen lassen. Es wird Untersuchungen geben.«

»Ja«, sagte sie. Und nach einer Pause: »Ich muss noch einmal mit diesem Zwei-Meter-Mann von den Festspielen reden. Den haben Sie mir doch geschickt, oder? Keine Sorge, er hat Sie nicht verraten, aber Herr Franz, der weiß halt alles!«

Jetzt lachte sie. Sie können anderer Meinung sein, aber für mich gibt es kein schöneres Lachen als das von Eva.

»Was wollen Sie von ihm? Er heißt Bernhard Paumgartner.«

»Ja, genau. Ach, ich versuche nur, etwas über meine Fotos herauszubekommen.«

»Warum?«

»Das sind wichtige Bilder. Sie dokumentieren über einen langen Zeitraum das Leben in der Stadt. Private Momente. Begräbnisse oder Hochzeiten. Öffentliche wie Theateraufführungen oder Straßenszenen. Im Kleinen erzählen sie, was Österreich im Großen einmal war. Ganz Europa. Dieses Land, mein Land, ist zweimal untergegangen. Beide Male war ich dabei. Vielleicht möchte ich mich einfach nur an bessere Tage erinnern. Harry, Ihre Kulturoffiziere sollten diese Bilder kennen.«

»Wo sind Sie aufgewachsen?«

»Vergessen Sie es!«

Das Essen kam, und so seltsam das klingen mag, an diesem Nachmittag war ich glücklich. Eva sprach leise, war angeschlagen und bemühte sich doch um Leichtigkeit. Für einen Moment suchte sie jemanden, der stärker war als sie. Das war ich nicht, aber ich konnte so tun. Als ein Mann mit Verantwortung hatte ich das gelernt. Gegen Ende unseres Beisammenseins hatte ich das Unfassbare beinahe vergessen. Als ich aufstand, sagte ich: »Wissen Sie was? Ich schaue mir jetzt die Leiche an, die angeblich Max sein soll. Ich schwöre Ihnen, er ist es nicht.«

»Wir haben ihn heute Morgen begraben.«

»Was?!«

Ich fiel zurück auf meinen Stuhl.

»War Unger am Grab?«

»Nur Pater Anselm und ich.«

Wir schwiegen.

»Sie haben recht, ich habe über mich geweint«, hörte ich Eva sagen. »Und über diese Stadt. Wie ich Salzburg hasse! Ich habe über alles geweint, was unwiederbringlich ist. Was ich nicht gesagt habe. Ich wollte, habe mir immer wieder vorgestellt, wie ich spreche, ...«

Für den Bruchteil einer Sekunde blickte ich in ihre Wahrheit. Dann schüttelte sie sich wie ein Tier und schloss: »Aber so etwas überfordert mich.«

Von einer Idee über sich selbst war sie in eine Welt zurückgefallen, die ihr versperrt war. Ihre Welt. Sollte mich Clark entlassen, mir war es egal. Ich würde das Grab exhumieren lassen. Notfalls illegal. Dafür brauchte ich Verbündete. In meiner Army würde ich die nicht mehr finden. Nur mehr auf der dunklen Seite der Macht.

Gespenster

Ich hätte mit ihm schlafen sollen. In dieser Nacht und dann noch einmal nach dem Aufwachen am Morgen. Am Nachmittag und in der nächsten Nacht. Am darauffolgenden Tag. Wir kannten den Körper des anderen noch nicht. Unsere Sehnsucht danach hätte gereicht für ein Jahr. Gut, ein halbes. Wäre Max hier bei mir im Hotel gewesen, hätte er nicht in die Schusslinie der Amerikaner laufen können. Wie konnte er sich so mies davonstehlen? Er hatte meinen Auftrag und den Vorschuss kassiert! Ich sank auf dem Bett meines Hotelzimmers zusammen und weinte. Wie jeden Abend.

Eine Stunde später suchte ich den Zettel mit der neuen Nummer heraus, entschlüsselte sie und griff zum Zimmertelefon.

»Ich bin's«, sprach ich in den Hörer, »Tante Anna hat geschrieben. Sie wird uns bald besuchen.«

»Verstehe«, kam es von der anderen Seite.

»Sie hat ein schönes Foto geschickt. Da seid ihr alle drauf. Weißt du noch, das war an ihrem 38. Geburtstag. Da haben wir sie alle besucht in ihrer Wohnung beim Landesgericht.«

»Unglaublich, wie lange das her ist. Bist du sicher, dass es ihr 38. Geburtstag war? War das nicht vielleicht später?«

»Nein, ganz sicher. Ich hab doch die Torte damals gebacken.«

»Kannst du uns das schöne Foto schicken?«

»Harald hat es jetzt. Musst ihn fragen.«

»Mach ich. Dann ruf doch bald mal wieder an, wenn es was Neues gibt.«

»Sicher«, sagte ich und legte auf.

Ich setzte meinen neuen Sommerhut auf und verließ das Hotelzimmer. An der Rezeption sah ich Harry, wie er in ein Gespräch mit Herrn Franz vertieft war. Der umtänzelte ihn mit seinem gebeugten Rücken. Der ehrgeizige Page nutzte die vorübergehende Unaufmerksamkeit seines Chefs.

»Ein Taxi, die Dame?«

»Ja bitte.«

Wir fuhren durch die Leopoldskroner Allee. Durch das leicht geöffnete Fenster stieg mir der schwere, süße Duft von Kastanienblüten in die Nase. Als die Bäume zu blühen begannen, war Max noch am Leben. Das große, geschwungene Eisentor zum Schloss war weit geöffnet. Wie zum Gruß beugte sich ein barocker Engel von der Mauer zu mir herab. Ich bezahlte, stieg aus und spazierte durch das Tor. Die Steine auf dem Weg knirschten unter meinen Schuhen, bis ich die Steinterrasse erreicht hatte. Wie immer, wenn ich an dieser Stelle ankam, sagte ich laut: »Guten Tag, Herr Professor.« Schloss Leopoldskron gehörte einmal Max Reinhardt. Er war nur wenige Jahre in dieser Stadt und hat sie doch so geprägt. Eine Entenmutter watschelte mit sechs, sieben winzigen Küken über die Wiese. Ein Reiher überflog das Gelände. Überall Enkel der Tiere, die der Theaterimpresario hier angesiedelt hatte. Die Schlossfassade war in üppigem Rokoko gehalten. Kurz vorm Kitsch stets eine Abzweigung ins Geheimnisvolle. Eine kleine Tür neben dem stattlichen Portal – wohin führte sie? Eine versteckte Galerie über dem Festsaal – das geräumige Schlüsselloch für Beobachter? Eine Geheimtür in der Bücherwand der

Bibliothek. Sie führte über eine schmale Wendeltreppe direkt in Max Reinhardts Schlafzimmer. Mir fielen die Männer in SS-Uniformen ein, die ich hier jeden Tag gesehen hatte. Das Geräusch ihrer Stiefel auf den Holzböden. Gespenster.

Die Eingangstür zur Halle war weit geöffnet. Als wollte die warme Junisonne den vom Winter ausgekühlten italienischen Marmor sanft stimmen. Vor dem Kamin in der barocken Sitzgruppe wartete Bernhard Paumgartner. Er erhob sich. Bemüht um fließende Bewegungen, die das Alter versteckten. »Fräulein Eva! Gehen wir in die Bibliothek.« Zwei Zentimeter über meinem Handrücken hinterließ er einen Kuss.

Wir gingen schweigend hinauf, über die weiten Marmortreppen. Niemand kam uns entgegen. Durch ein geöffnetes Fenster drang der Geruch von frisch geschnittenem Gras. Das schmiedeeiserne Gitter mit dem geschwungenen »MR« führte in die Bibliothek. Der eingearbeitete Davidstern. Wie durch ein Wunder hatte er die Belagerung überdauert. War er niemandem aufgefallen? Der barocke Büchersaal hatte etwas von einem Tempel. Es roch hier auch so. Nach Holz und erloschenen Kerzen. Symmetrie und Schwingung gaben den Bücherwänden eine fast lebendige Gestalt. Behaglichkeit strömte mir entgegen. Wir setzten uns in eine der Nischen mit Kastenfenster.

»Kommen Sie gut voran mit Ihren Forschungen?«, fragte mich Paumgartner mit gütigem Blick.

»Gar nicht. Ich glaube, es war von Anfang an sinnlos.«

»Vieles ist sinnlos, aber nicht das Forschen. Das Lesen nicht und auch nicht das Musizieren. Selbst, wenn sich der Sinn all dessen nicht gleich erschließt, irgendwann zeigt er sich.«

»Ein Optimist! Was für eine unlogische Lebenseinstellung.«

»Meine Erfahrung lehrt mich etwas anderes.«

»Darf ich Ihnen noch einige Fotos zeigen? Ich kenne viele Menschen darauf nicht.«

»Natürlich.«

Während dieser große, sanfte Mann zu den Bildern griff, sie wie Papier gewordene, wertvolle Erinnerungen vorsichtig zwischen seinen Händen hin und her gleiten ließ, erzählte er mir von einem Salzburg, das ich nicht kannte.

»Der Höhepunkt der Festspiele. Man weiß das ja immer erst im Nachhinein. Soweit ich das überblicke, sind die alle aus den Jahren 1933 bis '37. Es kam viel zusammen in diesen Jahren. Hitler hatte gleich nach seiner Machtübernahme die besten Künstler aus Deutschland davongejagt. Viele von ihnen kamen zu uns.«

Er hielt inne.

»Vielleicht waren einfach nur die offensten und talentiertesten Menschen in vier kurzen Festspielsommern eng zusammengedrängt in der kleinsten Metropole der Welt. Sehen Sie hier, Margarete Wallmann zum Beispiel.«

»Wer ist das?«

»Oh«, lachte er, »das lässt sich kaum in zwei Sätzen sagen. Opernregisseurin. Die gab es damals noch kaum.«

»Heute auch nicht.«

»Stimmt. Eigentlich war sie Tänzerin, ausgebildet bei Mary Wigman in Dresden und Berlin. Freier Tanz. ›Frei‹ war ihr Lieblingswort. Freie Blicke auf die Bühne, freie Körper. Sie ist tatsächlich der freieste Mensch, den ich kenne. Klein, energiegeladen und von magischer Vorstellungskraft. Ah, Bruno Walter, der Dirigent, den kennen Sie aber, nicht wahr? Auch aus

Deutschland zu uns geflüchtet. Schauen Sie sich diese aufsteigende Bühne an, das wäre heute noch modern. Schön, dass es diese Bilder gibt.«

»Absolut. Welche Rolle spielte Betty Steinhart in dieser Zeit?«

»Betty Steinhart ... Sie hat sich im Hintergrund gehalten. War sehr produktiv. Obwohl sie inzwischen viel Konkurrenz hatte – es kamen ja Presseleute aus aller Welt. Die wichtigsten Bilder aber kamen aus ihrem Atelier. Schauen Sie doch allein, was hier auf dem Tisch liegt. Das ist jetzt schon Geschichte.«

»Marlene Dietrich.«

»Die auch. Die Frauen hatten plötzlich kurzes Haar, trugen Hosen. Sie rauchten, sogar auf der Straße. In den Bars wurde Jazz gespielt, lang bevor die Amerikaner hier waren. Aber das war es nicht. Nicht allein. Es war elegant, freizügig, progressiv.«

»Sie sind sicher, dass Sie über Salzburg sprechen?«

Ich schob ihm eine andere Serie hinüber, aus der ich nicht schlau wurde. Ein Essen an langen Tischen. Männer im Frack, Frauen in Abendkleidern. Die Bilder waren dunkel, kaum konnte man die Gesichter erkennen, alles seltsam unscharf.

»Ah ja, das war in der Residenz. Neunzehnhundert ... 37, glaube ich. Ja, 37. Das Essen wollte Max Reinhardt unbedingt bei Kerzenschein haben. Die Fotografen waren verzweifelt und verschwanden alle wieder.«

»Offenbar doch nicht alle.«

»Photo Ellinger blieb. Immer. Diese verschwommenen Gesichter. Eigentlich doch ein Makel, was? Aber dadurch wirken sie so lebendig. Man spürt ihre Bewegungen. Da war jemand mutig und hat auch mit wenig Licht fotografiert. So war alles bei uns damals, wir haben ausprobiert.«

Es schien, als sei mein Kronzeuge um Jahre jünger geworden.

»Man sollte diese Fotos gut aufheben.«

»Sollte man.«

Paumgartner legte die Bilder zur Seite und lauschte in die Stille. Es war dunkel geworden, und ich war froh, dass er nicht nach Licht verlangte.

»Aber es gab schon die Vorboten. Einen Bombenanschlag im Festspielhaus. Die Nazis wollten uns einschüchtern. Unten in die Schlosshalle haben sie auch Sprengkörper geworfen. Fenster zerbarsten. Wir ahnten, dass sich unser Leben auf seltsam unklare Weise bald verändern würde. Max Reinhardt war der Einzige von uns, der dieses Gefühl in Worte fassen konnte: »Man spürt den Geschmack von Vergänglichkeit«, sagte er bei einem Fest.

Ein ohrenbetäubender Lärm von Stiefeln, die über den Holzboden stampften, erschütterte uns. Gespenster. Sie waren wieder da! Jemand riss die Tür der Bibliothek auf und schaltete das Licht ein. Vor uns standen drei Männer in Uniform.

»Sergeant Unger, amerikanische Streitkräfte«, sagte der Mann in der Mitte. Ich erkannte ihn. Die beiden anderen richteten ihre Waffen auf uns.

»Aber meine Herren, das lässt sich doch alles aufklären. Mein Name ist ...«

»Ich weiß, wer Sie sind«, sagte Unger. »Sie haben nichts zu befürchten.«

»Bin ich jetzt verhaftet?«, versuchte ich einen Scherz.

»Nicht, wenn Sie freiwillig mitkommen.«

Ich kann nicht mehr sagen, wie wir aus der Bibliothek nach unten kamen, ob Paumgartner zurückgeblieben war oder mit uns ging. Wie ich in die Hofstallgasse gelangte. Dorthin, wo früher das Gestapo-Hauptquartier war. Doch, in einem Jeep. Während der Fahrt hämmerte in mir nur ein Gedanke: Was wussten sie?

In einem Verhörzimmer bekam ich einen guten Kaffee. Dann ließ man mich warten. Lang. Irgendwann kam Unger, flankiert von einer Sekretärin. Noch im Gehen knallte er mir eine Akte auf den Tisch.

»Schauen Sie sich das ruhig an, wir wissen alles über Sie.«

»Wo sind wir hier?«

Er gab keine Antwort. Ich öffnete das Dossier und blätterte betont gelassen darin. Gleichzeitig versuchte ich, so viele Sätze wie möglich daraus aufzusaugen.

»Für wen haben Sie General Harry J. Collins ausspioniert?«

Er setzte sich mir gegenüber an den spartanischen Tisch. Die Sekretärin ruckelte an ihrer Schreibmaschine herum und bat um etwas Zeit.

»Für wen arbeiten Sie, Fräulein Eva?«

In aller Ruhe legte ich die Akte zur Seite.

»Für niemanden.«

»Wer ist das?«

Er legte ein Foto auf den Tisch.

»Schauen Sie genau hin, ehe Sie antworten.«

Ich blickte auf ein Gesicht, das mir durch und durch vertraut war.

»Kenne ich nicht.«

»So, es reicht, wir sind hier beide nicht zum Spaß. Ich frage Sie noch einmal: Wer ist dieser Mann?! Sehen Sie«, er zeigte auf das Foto, »er hat eine Narbe auf der rechten Wange.«

»So was haben viele.«

»Ja. Auch ich bin in Österreich aufgewachsen. Ich weiß, was schlagende Verbindungen sind. Jede Narbe ist einzigartig, nicht wahr?«

»Ich möchte General Collins sprechen.«

»*Ich* verhöre Sie!«

Er griff nach meiner Akte und blätterte darin.

»Sie waren also zwischen August '45 und März '46 im sowjetischen Speziallager Nr. 7 nördlich von Berlin inhaftiert. In Sachsenhausen. Das ehemalige KZ, und als Speziallager der Russen bekannt für die brutalen Verhöre und die Hungerrationen. Extrem hohe Sterberate. Grund Ihrer Verhaftung: Flucht und Entzug aus der Verantwortung. Sie gehörten der NSDAP an und waren eng mit dem Machtapparat. Ah, München, schöne Stadt. Dort lässt es sich gut leben, was? Wenn man das Geld und die Verbindungen hat. Ihr Mann bei der Gestapo, sein Name taucht bei uns übrigens immer wieder in Zeugenaussagen über Denunziationen zwischen 1939 und '45 auf. Auch Ihrer. Ab 1939 versah Ihr Mann seinen Dienst in Salzburg, bis '44. Sie hatten eine schöne Wohnung im Schloss Leopoldskron. Gemeinsam mit Gauleiter Friedrich Rainer und dem Goebbels-Vertrauten Clemens Krauss. Der Dirigent? Ah ja. Sie haben dort eine kleine Kulturidylle geschaffen mit Konzerten und geselligem Beisammensein.«

»Ich war dort schon, als es noch Max Reinhardt gehörte.«

»Und da hat es Ihnen nichts ausgemacht, sich ins gemachte Nest zu setzen? Ein gestohlenes Nest. Wohin hat sich Ihr Mann abgesetzt?«

»Was weiß ich, irgendwo nach Südamerika, von dem hab ich ewig nichts gehört. Und ich bin auch nicht traurig darüber.«

»Verstehe. Sie benutzen seit Kriegsende immer wieder andere Namen und Identitäten.« Er deutete auf die Akte. »Da tragen Sie eine Perücke, oder? Geboren wurden Sie in Salzburg, Sie sind hier aufgewachsen, in einer gut situierten Familie.«

Unger legte die Akte beiseite und stand auf. Er ging zur Sekretärin und flüsterte ihr etwas zu. Sie verließ den Raum. Danach stellte er sich vor mich hin. Die Mitte seines Körpers in Höhe meines Gesichts. Er schaute auf mich herunter.

»Wissen Sie, was mich so wütend macht? Ihr Nazis habt keinerlei Unrechtsbewusstsein. Während ihr auf Leopoldskron Mozart gehört habt, wurden anderen Menschen die Knochen gebrochen, bevor man sie vergast hat, wie meinen Vater. Sie wurden aus Langeweile auf dem KZ-Gelände erschossen oder wie Kaninchen für medizinische Versuche benutzt, wie meine Schwester. Wissen Sie, wie qualvoll der Tod im Gas ist? Und ihr habt das alles gewusst! Ich nehme hier keine persönliche Rache. Das ist Vergangenheit. Ich schaue in die Zukunft. Aber stellen Sie sich verdammt noch mal Ihren Verbrechen!«

Jetzt ging er im Raum herum.

»Natürlich, Sie waren keine KZ-Aufseherin. Aber Sie haben sich bereichert. Dann mal hier einen angeschwärzt, dort eine Verdächtigung weitergegeben. Immer obenauf, immer mit den Mächtigen. War Ihnen egal, was Ihr Mann gemacht hat? Oder haben Sie ihn dazu ermutigt? Und jetzt machen Sie einfach weiter, als wäre nichts geschehen?!«

Unger drehte sich zu mir um.

»Das haken wir alles unter Mitläufer ab. Aber Ihre Spionagetätigkeit, damit kriegen wir Sie. Wenn Sie für die Russen arbeiten, kann ich ohnehin nichts mehr für Sie tun.«

»Ich spioniere für niemanden.«

»Machen Sie endlich den Mund auf oder ich muss Sie in Haft nehmen und die Aussage aus Ihnen herauspressen. Wir werden Sie nicht schlafen lassen. Keinen Tag und keine Nacht. Jetzt denken Sie, Sie schlafen ohnehin nicht gut, aber glauben Sie mir, das ist etwas anderes. Isolationshaft, durchgehend grelles Licht. Dieses flackernde Neonlicht ist die Hölle, Madame, es frisst sich direkt ins Hirn. Alle zwei bis drei Stunden holen wir Sie raus. Dann stehen Sie auf dem Gefängnisflur, mit dem Gesicht zur Wand. Gegen Morgen fallen Sie um. Da fallen immer alle um. Wir Amerikaner sind sehr korrekt. Ihr schönes Gesicht wird keine Spuren davontragen. Haben die Russen Sie eigentlich vergewaltigt? Die sollen ja böse wüten. So etwas verabscheue ich. Aber natürlich können wir in so einem großen Untersuchungsgefängnis nicht immer alles sehen. Es heißt, es gibt hier einen von uns, der hat eine Schnur in der Tasche. Daran hängen Ohren von Inhaftierten. Auch von Frauen. Offenbar können nicht alle Emigranten in unserer Army vergessen, was ihren Familien angetan wurde. Aber das ist nur ein Gerücht, die Schnur mit den Ohren.«

Er setzte sich wieder zu mir und schaute mich an.

»Eva, es ist noch nicht zu spät. Erzählen Sie mir, für wen Sie arbeiten und was die vorhaben. Dann lasse ich Sie gehen. Ich will Sie nicht einsperren und Ihnen diesen Prozess zumuten. In Ihrer Heimatstadt. Aber ich muss nach diesem Verhör einen Bericht schreiben und unserem Geheimdienst etwas liefern. Mitglied einer umstürzlerischen Organisation, falsche Passangaben, Verdacht auf Spionage. Sie haben genug auf dem Kerbholz, um Sie zehn, 15 Jahre verschwinden zu lassen.«

»Ich war mein Leben lang im Gefängnis. Als Kind. In meiner Ehe. Und bei den Russen. Sie haben nichts gegen mich in der Hand.«

»Wenn Sie rauskommen, sind Sie ...«, er schaute in die Akte, »... Mitte 60. Und für immer von der Haft gezeichnet. Wollen Sie das, Eva? Noch einmal stumpfe Tage, Wochen, Jahre. Noch einmal völlig ausgeliefert sein. Stacheldraht und Kohlsuppe. Primitive Menschen und keinerlei geistige Anregung. Sie wissen doch noch, wie das ist. Nur dieses Mal ist es viel länger.«

In mir war es völlig leer. Ich konnte einfach nichts denken.

»Haben Sie eine Zigarette?«, fragte ich.

»Natürlich.«

Er holte eine Schachtel Chesterfield aus seiner Hosentasche, hielt sie mir hin und gab mir Feuer. Ich nahm einen tiefen Zug und schaute ihn an.

»Glauben Sie im Ernst, ich könnte für die arbeiten? Ich hasse die Russen.«

Wieder legte er mir das Foto auf den Tisch.

»Zum letzten Mal, Eva, wer ist das?! Sie wurden mehrfach mit ihm gesehen in den vergangenen Monaten.«

Ich schaute auf den Boden. Dann auf meine Zigarette. Mir war alles egal.

»Der Kommandant will Sie den Russen übergeben. Reden Sie, ich kann das vielleicht verhindern.

»Collins? Sie bluffen.«

»Leider nicht. Er steht enorm unter Druck und muss liefern. Das sind dann halt jetzt Sie. Und dafür bekommen wir von den Russen einen, der uns wichtig ist. So ist das zwischen Geheimdiensten.«

Er schlug mit der flachen Hand auf das Foto.

»Wer?!«

»Mein Bruder.«

»Wie bitte? Sprechen Sie laut und deutlich.«

»Mein Bruder.«

Ungers Stimme nahm wieder eine normale Lautstärke an.

»Er gehört zu einer Gruppe Ehemaliger, die das Land umstürzen wollen, wussten Sie das?«

»Nein. Gehörte Max auch zu denen?«, fragte ich Unger.

»Welcher Max?«

»Den Sie umgebracht haben. Am Goldzug. Sie können sich nicht einmal mehr an seinen Namen erinnern.«

»Ach so. Nein. Den hat Harry Collins '45 im KZ Dachau aufgelesen, als er mit seiner Rainbow Division das Lager befreite. Er hat ihn mit nach Salzburg genommen, wie einige andere auch.«

Ich bekam einen Hustenanfall.

»Ist er Jude?«, fragte ich, als ich wieder sprechen konnte.

»Weiß ich nicht.« Unger schob das Glas Wasser zu mir, das ich bisher nicht angerührt hatte. »Stellen Sie sich vor, Collins hat es sogar geschafft, ihnen als Erstes hier koscheres Essen zu besorgen. Im Mai 1945! Weiß der Teufel, wo er das herbekommen hat. Ich bin mir sicher, die hätten alles gefressen.«

»Wovon hat er gelebt? Max, meine ich.«

»Schleichhandel. Collins hat ihn gedeckt. Aber damit ist jetzt Schluss.«

»Und wie hat er, ich meine, wo hat er gewohnt?«

»In Parsch, im Lager, wie alle DPs. Collins hat ihm sogar eine Wohnung angeboten. Wollte er nicht. Angeblich hat er immer gesagt, in einem Lager kenne er sich aus und komme dort am besten zurecht. Jetzt weinen Sie doch nicht. Weinen Sie? Möchten Sie noch eine Zigarette?«

»Nein. Ich gebe Ihnen etwas, Sergeant. Aber dafür brauche ich auch etwas.«

»Langsam, der Reihe nach. Dieser Typ mit der Narbe ist also Ihr Bruder. Name, Alter?«

»Kriegen Sie alles. Hans. Kann ich doch noch eine Zigarette haben?«

»Ja.«

»Mein Bruder war immer kränklich als Kind. Er hatte so einen seltsamen Dauerhusten. Von der Spanischen Grippe, die hat er nur knapp überlebt. Mein Vater nannte ihn einen Schwächling und ließ ihn im Winter nachts im Pyjama draußen stehen. Zur Abhärtung. Dann wurde er wieder krank. Sie haben ihn gehänselt in der Schule und verprügelt. Mein Vater sagte, nun gut, einen Hans, den hänselt man eben. Ich hab mich immer um Hans gekümmert, wenn er krank war, und ihm gesagt, dass er eines Tages noch ganz stark werden würde.«

»Mir kommen die Tränen. Das ist kein Grund.«

»Ich weiß.«

»Ich habe so genug von diesen Geschichten. Ihr seid erwachsen, verdammt noch mal! Ihr könnt nicht dauernd Mama und Papa für euer Versagen verantwortlich machen. Was hat Ihr Bruder vor?«

»Ich sage es Ihnen. Aus einem einzigen Grund. Er würde es nicht überleben. Das schafft er nicht, er überschätzt sich. Dann sperren Sie ihn lieber ein.«

»Was hat er vor?«

»Das ist groß und dürfte alle Geheimdienste interessieren. Ihren, den der Russen, der Engländer und Franzosen. Da geht es nicht nur um den Goldzug. Die Operation läuft unter dem Namen ›Tante Anna‹.«

»Ah, daher.«

»Was meinen Sie?«

»Wir hören natürlich Ihr Telefon ab im Österreichischen Hof.«

Das Hotel schien so weit weg. Plötzlich konnte ich mir nicht mehr vorstellen, dass ich dort monatelang gelebt hatte. Ich war mir immer sicher gewesen, dass sie mich abhörten. Hatte ich nur darauf gewartet, dass sie bald kommen und mich holen würden?

»Ich erzähle Ihnen alles, wenn Sie etwas für mich herausbekommen.«

»Sie sind nicht in der Position, Bedingungen zu stellen.«

»Nein. Aber ich hänge nicht am Leben. Nicht mehr. Und ich werde zur Not mein Wissen über das, was mein Bruder und seine Organisation vorhaben, mit ins Grab nehmen.«

Er schwieg für einen Moment.

»*Dammit*, Sie sind ein harter Knochen. Also, was soll ich herausbekommen?«

»Wie ist es Betty Steinhart im Krieg ergangen?«

»Was?! Bin ich bei der Regenbogen-Presse? Wer soll das sein?«

»Betty Steinhart, verheiratete Platter. Sie ist die Besitzerin des Fotoateliers in der Schwarzstraße.«

»Und? Wen interessiert die?«

»Mich, eine persönliche Angelegenheit. Ich gebe Ihnen ihre Daten. Lassen Sie mich frei, ich werde die Stadt nicht verlassen. Ich habe keine Lust mehr zu reisen. Ich bin seit Jahren unterwegs.«

Unger verließ den Raum. Er kam mit der Sekretärin, einem Papierblock und einem Kopierstift wieder. Ich schrieb ihm verschiedene Daten und Ereignisse zu Betty Steinhart stichpunktartig auf. Als er den Zettel kurz überflog, schaute er mich fragend an. Ich entgegnete nichts. Dann diktierte Sergeant Unger der Sekretärin ein Verhör zu meinen Gunsten, das nie stattgefunden hatte. Ich unterschrieb und wollte gehen.

»Wir müssen Sie noch etwas bei uns behalten. Zu Ihrer eigenen Sicherheit.«

»Aber Sie haben doch vorhin gesagt ...«

Eine Frau in amerikanischer Uniform betrat den Raum und griff nach meinem Arm.

»Es wird auffallen, wenn ich nicht ins Hotel zurückkomme. Herr Franz wird ...«

»... Herr Franz hat uns den Tipp zu Ihnen gegeben. Um den muss sich niemand Sorgen machen.«

Die Frau führte mich aus dem Zimmer, über einen Flur, die Treppen hinab und über den Hof. In einen Mannschaftswagen. Ich wusste nicht, wo ich war, aber der Fahrzeit nach zu urteilen, musste es noch in der Stadt sein. Sie ließen mich in einer Einzelzelle verschwinden. Für wie lange wurde mir nicht gesagt. Als ich völlig erschöpft auf die Pritsche mit der groben Militärdecke sank, blendete mich ein grelles Neonlicht.

Untote

»Das verstößt gegen alle Gesetze, General. Vor allem gegen die religiösen. Sie dürfen nicht vergessen, wir sind in einer sehr katholischen Stadt.« Herr Franz blickte sich um, ob uns auch niemand hörte. Aus dem Augenwinkel sah ich Eva durch die Hotellobby Richtung Ausgang gehen. Ein Page eilte auf sie zu.

»Es muss doch in der bedeutendsten drittklassigen Stadt der Welt irgendjemanden geben, der ein paar Dollar verdienen will!«, antwortete ich.

»Es ist körperlich anstrengend.«

»Das ist es.«

»Es ist verboten.«

»Durchaus.«

»Es ist Nachtarbeit, das kostet extra.«

»Hab ich mir gedacht.«

»Es ist so ungustiös.«

»In dieser Stadt ist alles ungustiös!«

Herr Franz hob leicht die Arme.

»Diskretion, Sir, ich werd' schauen, was sich machen lässt.«

»Schaun ma mal ist heute ausverkauft. Sie sagen mir bis acht Uhr, ob Sie jemanden haben. Das ist ein Befehl!«

»Jawoll!«, nahm mein Gegenüber militärische Haltung an. Dann besann er sich und schob ein »Sehr wohl, der Herr« nach. »Morgen Früh, acht Uhr.«

»Heute, Sie Idiot! Acht Uhr am Abend! Ich werde mich nie an eure dämlichen Zeitangaben gewöhnen.«

Herr Franz schaute beleidigt drein und ging, ohne mich eines weiteren Blickes zu würdigen, zu seinem Tagwerk über.

Gegen 1:40 Uhr in der Nacht näherte ich mich über den Mühlenhof dem Friedhof St. Peter. In Salzburg bedeuteten die zwei Buchstaben »St.« vor einem biblischen Namen erst einmal Besitz. Der Gottesacker hatte ein üppiges Entree. Schlossartige Gebäude, eine Kirche, mehrere Höfe, das älteste Kloster im deutschsprachigen Raum, eine Mühle samt Wasserrad, Durchgänge, Brunnen. Das Treffen war für zwei Uhr ausgemacht. Herrn Franz, den Gierigen, hatte ich offenbar ziemlich eingeschüchtert, er entschuldigte sich mehrmals, dass er nur diese zwei Kandidaten gefunden hatte für meine heikle Mission. Es war mir völlig egal, ob sie Kriminelle oder Nazis waren. Hauptsache, die Kerle würden mir die Leiche ausgraben.

Das schmiedeeiserne Tor war mit einem einfachen Vorhängeschloss abgesperrt, das ich in einer Minute geknackt hatte. Meine Schritte hallten auf dem schmalen Kopfsteinpflasterweg wider, als ob mich die Geister der Vergangenheit begrüßen würden. Das Mondlicht warf stumme Schatten über die alten Gräber. Totenstille. Sie griff kalt nach mir. Ich fischte nach meiner Taschenlampe. Die bleichen Blumen auf den Gräbern wiegten sich im Wind. Über mir ragte der Mönchsberg mit seinen Felshöhlen auf, die man ihm einst abgetrotzt hatte. Eine leichte Böe schmiegte sich an die schroffen Wände, zurück wisperte ein Flüstern des Vergessens. Ich hockte mich auf den Rand eines der Gräber und bat die darin Liegenden freundlich um Nachsicht. Mit der Taschenlampe leuchtete ich den Grabstein an. Polizeidirektorsstellvertretergattin. So viele Buchstaben für so wenig Information. Ich stand noch einmal auf und schaute mir andere Grabinschriften auf den barocken Metallkreuzen an. Las von Seuchenopfern, Kriegsleichen, Tod und Teufel. Plötzlich hörte ich Stimmen. »Hier!«, raunte ich ihnen leise zu. Sie verstummten, und zwei Kerle schlichen sich heran. Als sie vor mir standen, sank meine Stimmung auf den Nullpunkt.

»Da kann ich ja gleich allein graben«, schickte ich ihnen über die Leichengrube.

»Viel Vergnügen!«, sagte eine der beiden Frauen, stemmte die Arme in die Hüften und stellte sich auf den Rand des Grabsteins. Jetzt war sie größer als ich.

»Vorher müssen Sie sich ausweisen.«

»Selbstverständlich.« Ich kramte nach meinem Militärausweis und leuchtete das Foto an.

»Gut«, befand sie. »Was ist der Zweck dieses Einsatzes?«

»Der Tote wurde offenbar falsch identifiziert. Wir müssen eine Gen-Analyse machen.«

»DNA-Abgleich?«, warf die Ausweis-Kontrolleurin ein. »Den gibt's noch gar nicht.«

»Ich werde auch so herausfinden, wer meinen Buddy hier ermordet hat.«

Ich war aufgestanden und wies auf das Grab, aus dem wir einen Toten holen würden. Sie schaute mich an. Nicht gerade bewundernd.

Obwohl die Erde frisch war und die beiden mehr Kraft zu haben schienen als Bergarbeiter, hatten wir über eine Stunde zu tun, ehe wir auf den Sarg stießen. Sie legten Seile um den Sargdeckel. Auf Kommando zogen wir daran. Nichts bewegte sich. »Wir müssen an den Rändern noch mehr weggraben«, meinte eine der beiden. Sie strich sich ihr Haar aus dem Gesicht und sprang beherzt in die Grube, ihre Kollegin hinterher. Als mir beide die Hand zum Sprung reichten, war ich gekränkt.

»Öffnen Sie jede Nacht heimlich Gräber?«, fragte ich, als wir genug gegraben hatten.

»Wir haben das jahrelang gemacht«, antwortete die strenge Ausweis-Prüferin. »Tagsüber. Als die Männer im Krieg waren.« Sie hob ein Stemmeisen hoch und fragte: »Wann wurde der bestattet?«

»Vor sechs, acht Wochen.«

»Der kann schon a bissl ranzig sein, halten'S die Nasn ned zu nah dran.«

Mit einem kräftigen Schlag öffnete sie den Sargdeckel und nahm ihn ab. Dabei stieg mir ein entsetzlich beißender, süßlicher Geruch nach Buttersäure entgegen. Ich richtete den Schein meiner Taschenlampe direkt auf den Toten. Das Gesicht war aufgedunsen und mit gelb-braunen Flecken übersät. Es konnte jedermanns Gesicht sein, alles Persönliche war daraus entwichen. Schnell griff ich nach dem linken Arm des Verblichenen und schob das Leichenhemd hoch. Da, wo Max auf seiner Odyssee durch mehrere Konzentrationslager eine Tätowierung verpasst worden war, klaffte eine hässliche, mit groben Stichen vernähte Wunde.

Ich taumelte zurück und nickte den beiden Frauen zu. Wir hoben den Deckel wieder auf den Sarg und schaufelten das Grab zu. Beim Abschied klopfte mir eine der beiden auf die Schulter.

Der Anblick des Ballonkopfes, die Anstrengung und die Befürchtung, dass die ganze Aktion nichts gebracht hatte, legten mir eine bleierne Schwere auf die Knochen. Ich setzte mich wieder zur Polizei-irgendwas-Gattin. Meine Frau und meine Tochter fielen mir ein. Ich war froh, dass sie nicht wussten, wie tief ich inzwischen gesunken war.

»Ja, alter Knabe, jetzt steckst du ziemlich in der Scheiße, was?«, hörte ich jemanden laut und deutlich sagen.

Allmächtiger! War das der Augenblick, da mich der Tod holen würde, wie den Jedermann drüben auf dem Domplatz? Bitte nicht jetzt, schoss es mir durch den Kopf. Wer will schon in Salzburg sterben? Aus dem Dunkel sprang eine Gestalt vor mich hin. Ich konnte nicht einmal die Haarfarbe erkennen. Weniger aus Mut als panisch vor Angst sprang ich auf und leuchtete dem letzten Zeugen meiner Existenz direkt ins Gesicht.

Es war Max.

»Servus Harry, bist du jetzt bei den Totengräbern eingestiegen?«

Vor Grauen war ich unfähig zu sprechen. Träumte ich? Der Untote zündete sich eine Zigarette an.

»Weißt du, was das Schönste am Sterben ist, Harry? Bei seiner eigenen Beerdigung dabei zu sein. Ich hab dich übrigens vermisst, alter Knabe, du hättest durchaus noch Platz gehabt in der kleinen Trauergemeinde. Aber das Beste, das Allerbeste war – sie hat geweint. Eva hat bittere Tränen um mich vergossen.«

Aus meinen tiefsten Tiefen kam ein lautes, tierisches Gebrüll. Ich rannte direkt auf Max zu und sprang ihm an die Gurgel. In dieser Nacht, kurz vor Sonnenaufgang gegen 3:45 Uhr, prügelten sich auf dem Friedhof St. Peter zwei einander ergebene Freunde fast zu Tode.

Schweigen

Nach meinem fingierten Tod hatte ich mich zwei Wochen in einer Höhle im Mönchsberg über dem Friedhof St. Peter verkrochen. Die uralte Kapelle mit einem riesigen Holzkreuz war gar nicht so ungemütlich. In einer Nische aus Granitstein hatte ich mir ein Nachtlager eingerichtet. Kleine Rundfenster warfen Licht hinein, und es war endlich still in meinem Leben. Einmal kam ein Pfaffe vorbei. Er wechselte die Blumen auf dem Altar und fragte, ob ich Hilfe brauche. Nach Sonnenuntergang kletterte ich hinunter und kümmerte mich um mein neues Geschäft: Penicillin. Ich brauchte dringend Geld. Vom Goldzug würde ich nicht ablassen. Nach einer nächtlichen Inspektion des alten Lichtateliers bei Photo Ellinger besuchte ich diesen Komiker von Kunstbanausen, den Professor. Ich machte ihm klar, dass es keine gute Idee war, Harry reinzulegen. Gegen Morgen schwamm seine Leiche flussabwärts in der Salzach.

Meinen ersten Gang durchs Tageslicht hatte ich mir immer wieder vorgestellt. Ich schlich über den Friedhof und durch ein paar Gassen in die Innenstadt. Mehrmals sah ich mich dabei um, niemand folgte mir. Hinter der Schanzlalm, dem Gefängnis mit seinen kleinen, vergitterten Fenstern, saß eine schwangere Frau auf einer Parkbank. Ich sprach sie an, steckte ihr 20 Dollar zu und bat sie, mich zu begleiten. Sie hatte Angst und wollte nicht. Dann zückte ich noch einen Schein, den sie lang ansah. Sie vertraute mir nicht, aber sie vertraute einer harten Währung. Auf dem Weg zum Gefängnis im Landesgericht schärfte ich ihr ein, dass ich jede Frage beantworten würde und sie nichts sagen müsse. Drinnen zeigte ich meinen falschen Ausweis und sie ihren richtigen. Auf die Frage, zu wem wir wollten, schob ich dem Ami-Wachhund ein Foto von Eva rüber, das ich aus einem ihrer falschen Pässe geschnitten hatte, und sagte mit einer Geste auf meine Begleiterin:

»Meine Verlobte. Wir wollen zu unserer Nachbarin, sie hat uns leider die ganze Zeit einen falschen Namen gesagt. Wie sie wirklich heißt, wissen wir gar nicht. Stimmt's, Schatz?«

Die Schwangere nickte.

»Aber sie hat sonst niemanden«, fuhr ich munter fort, »wir sind die Einzigen, die sich um sie kümmern. Und um ihre Katze.«

Der Kerl kaute die ganze Zeit auf etwas herum, schaute auf den Bauch meiner Lügen-Trophäe, dann auf mich.

»Wo haben Sie sich denn den Cut eingefangen?«

»Ach, ein kleines Missverständnis unter Freunden, Officer«, log ich seinen Dienstgrad nach oben.

»Ihr Salzburger prügelt euch mehr als eine Horde Cowboys in Texas.«

Mein neues Mädchen lächelte. Er ließ uns durch. Vor dem Besucherraum bat ich eine Aufseherin: »Hätten Sie einen Sessel für meine Frau, ihr ist nicht gut.« Sie brachte einen. Ich schob der Schwangeren den Stuhl hin: »Warte hier, Liebling, ich mach das schon.«

Der Raum hatte keine Fenster. Die Minuten allein darin waren ewig. Dann öffnete sich die Tür und eine Uniformierte kam herein. Sie schob Eva vor sich her, um deren Armgelenke Handschellen lagen. Eva schaute geradeaus an mir vorbei und blieb mit dem Gesicht zur Wand stehen. Sie trug einen olivfarbenen Overall mit einer Nummer auf der Brusttasche. Ihr Haar war zu einem strengen Zopf gebunden, den sie um den Kopf gelegt hatte. Die Gefängniswärterin öffnete die Handschellen, wies Eva ihren Platz zu und sagte: »20 Minuten. Keine Berührungen, keine Gespräche über den Haftgrund und nichts Politisches.« Dann stellte sie sich an den Rand des Raumes. Die Tür blieb offen.

Nur ein leichtes Zucken huschte über Evas Gesicht, als sie mich beim Hinsetzen wahrnahm. Wir saßen an diesem kleinen, eckigen Tisch einander gegenüber und sprachen kein Wort. Ich suchte in ihren Augen nach irgendetwas, aber die waren völlig leer. Darunter waren tiefe, schwarze Ringe. Zum ersten Mal sah ich sie ungeschminkt. Noch einmal versuchte ich eine Kontaktaufnahme, aber es war, als würde sie durch mich hindurchsehen. Ich begann, ihr vieles in Gedanken zu sagen, und hoffte, sie würde es verstehen. Ich weiß nicht, wie lange wir so saßen. Als mein Blick ihre Grübchen erreichte, hielt ich es nicht mehr aus.

»Ich musste für ein paar Wochen verschwinden, Eva. Es war ein bisschen zu heiß geworden hier, weißt du? Wir holen dich hier wieder raus, Harry und ich.«

»Noch so ein Satz, und Ihr Rendezvous ist beendet«, herrschte mich die Aufpasserin an. Ich blieb an Evas Augen kleben und sprach einfach weiter.

»Es kann sein, dass du Eva bist. Oder Betty. Oder noch jemand anderes. Das ist mir egal. Manches verstehe ich nicht. Ich habe Fragen, Eva. Rede mit mir. Wenn's sein muss, ein andermal, ich kann wiederkommen. Oder schreibe es auf. Du weißt, für mich gibt es keine Moral. Du wirst deine Gründe haben.«

Sie wandte ihren Blick von mir ab, zum Rand des Raumes.

»Ich will in meine Zelle«, kam es tonlos aus ihrem Mund. Ich sprach jetzt schneller, wissend, dass meine Zeit ablief.

»Erinnerst du dich noch an unsere erste Begegnung? Du kannst dich völlig neu erfinden, habe ich dir damals gesagt. Da ist was dran, Eva. Kennst du Jom Kippur? Ich halte nichts von Religion, aber Jom Kippur ist eine wirklich gute Sache. Du schaust dir alles an, was war. Was du getan hast im ganzen letzten Jahr, wie du zu den Menschen warst und wie die Menschen zu dir waren. Dann entscheidest du. Von den einen trennst du dich für immer. Mit den anderen sprichst du dich aus. Du verzeihst und dir wird verziehen. Im besten Fall. Dann löscht ihr beide alles, was ihr einander angetan habt. Wirklich alles. Und dann beginnt ihr von vorn. Es gibt keine Vorwürfe, kein schlechtes Gewissen, nur einen Beginn. Wir holen dich hier raus, Eva, und dann fangen wir von vorn an, du und ich.«

»So, das reicht jetzt«, befand Zornröschen am Raumesrand und ging auf Eva zu. Die stand auf, schaute zur Wand und ließ sich die Handschellen anlegen.

Alte Rechnung

Am 1. August 1946 empfingen wir General Clark mit großem Bahnhof und ernannten ihn zum Ehrenbürger aller Gemeinden des Landes Salzburg. Als ich gemeinsam mit Unger vor ihm salutierte, meinte er: »Collins, wusste ich's doch, dass Sie beide gut miteinander auskommen werden.« Am selben Tag wurden die Salzburger Festspiele eröffnet. Da die meisten Sänger und Schauspielerinnen aus Deutschland noch immer nicht einreisen durften, hatte ich mir eine kleine List erdacht. Ich ordnete ihre Verhaftung an der Grenze in Freilassing an, ließ sie in einen Jeep setzen und direkt zum Festspielhaus chauffieren. An der Eisenbahnbrücke zwischen Mülln und Lehen wurde eine nicht identifizierbare Leiche in der Salzach gefunden. Salzburgs erster O-Bus sollte längst fahren, doch noch fehlten die Reifen. Für den Herbst kündigte sich jetzt schon Kohleknappheit an. Es war ein ganz normaler Nachkriegssommer in der Provinz, in den ungebeten eine alte Rechnung flatterte.

Max wurde wieder in der Stadt gesichtet. Irgendwann kommen herumstreunende Hunde immer nach Hause, dachte ich, als er mich eines Tages anrief.

»Harry, alter Knabe, ich hoffe, du bist mir nicht mehr böse wegen der kleinen Rauferei neulich zwischen all den Toten.«

»Ach Max, es hätte mir wirklich leidgetan, dich für immer ins Jenseits zu befördern. Aber jetzt ... Du bist praktisch schon verhaftet, also genieße deine letzten Minuten in Freiheit Das war's, ich habe keine Lust auf Friedhofsgespräche.«

»Warum nicht? Wir sind doch beide schon begraben, nicht wahr? Das Blöde ist nur, wir leben noch. Hör zu, Harry, während du edel vor dich hin fermentierst mit deinen Festspielfreunden, habe ich Beweise, mit denen du alte Nazis dingfest machen kannst.«

»Was?«

»Ja, und ich rate dir, besser deinen sportlichen Militär-Dress anzuziehen und hierherzujoggen, als dich auf der nächsten Premierenfeier volllaufen zu lassen. Eure Herumrennerei für nichts und wieder nichts, dieses *Joggen*. Weißt du, Harry, ich hab das auch probiert, aber mir fallen dauernd die Eiswürfel aus dem Glas.«

»Was genau hast du?«

»Erzähle ich dir. Heute Abend beim hinteren Parkeingang der Trapp-Villa, so gegen sieben. Und wenn es einmal geht, Harry, ohne Hollywood.«

»Was meinst du?«

»Ohne Bigband, Fahnenparade und Damenchor am Straßenrand. Es ist ein diskretes Ganoventreffen. Oder wie du sagen würdest: eine geheime Operation.«

Er legte auf, ohne meine Antwort abzuwarten. Was glaubte dieser nichtsnutzige Spaziergänger eigentlich? Dass ich mich von jedem dahergelaufenen Gauner irgendwo hinbestellen ließ? Gegen Abend kam mir in den Sinn, dass ich ein Nazi-Nest ausheben könnte. Ich sah Clark vor mir, wie er mich bei einer Militärparade belobigte. Und wie dämlich Unger danebenstand. Ich steckte meinen Colt ein, setzte meinen netzbespannten Green-Helm auf und machte mich auf in Richtung Aigen.

»Gott, siehst du albern aus«, empfing mich Max, als ich vom Motorrad stieg.

»Freu mich auch, dich zu sehen, Max.« Ich entdeckte eine Narbe über seiner rechten Oberlippe, die ich nicht kannte, und nahm meinen Helm ab. »Ah, eine bleibende Erinnerung von mir, schön.«

Wir setzten uns auf einen quer liegenden Baumstamm. Max wurde ernst.

»Die Ehemaligen sind hinter mir her. Ach Harry, ich weiß nicht, wo ich anfangen soll.«

»Warum wolltest du den Zug ausrauben?«

»Ich wollte das Zeug retten.«

»Retten. Du. Ganz bestimmt.«

»Um es den Leuten zurückzugeben. Ihr könntet den Zug einfach nach Ungarn fahren und alles bei der Jüdischen Gemeinde in Budapest abliefern.«

»Da müssten wir direkt in die kommunistische Zone, Robin Hood. Was glaubst du, wo der ganze Prunk dann bleibt? Wir haben das im Griff.«

»Du hast keinen blassen Schimmer von den Machenschaften in deiner Stadt, Herr Kommandant!« Er zog ein Foto aus der Tasche. Es war das vom Landesgericht, als ein paar Nazis ihm eine verpassten. Max deutete auf das Foto. »Und der hier ist auch wieder ganz groß dabei. Der mit der Narbe. Ich bin ihnen nur zuvorgekommen beim Goldzug.«

»Das wissen wir«, log ich.

»Meine Aktion hat sie ein wenig verstimmt. Ich musste verschwinden. Tut mir leid, Harry, aber sie sollten glauben, ich wäre tot. Ich bin ihnen auf die Schliche gekommen, wofür sie all das Gold und wertvolle Geschmeide brauchen.«

»Auch das wissen wir, Marlowe.«

»Ach ja? Dann muss ich meine Meinung über unsere amerikanischen Freunde aber gehörig ändern.«

»Was willst du von mir?«

»Harry, die ganz großen Nazis, KZ-Ärzte und SS-Häuptlinge, Gestapo-Schlächter und Schreibtischtäter, denen das Blut nur so von den Händen fließt, die alle besorgen sich gerade gemütlich falsche Papiere, Geld und

Waffen. Für ihre Flucht. Die Papiere spendet ihnen das Rote Kreuz, beglaubigt von Priestern der katholischen Kirche. Da gibt es einen im Vatikan, einen österreichischen Oberpfaffen, Hudal heißt der. Der bezeugt dutzendweise die falschen Identitäten. Von Massenmördern! Aber auch unser Salzburger Bischof ist der Meinung, man muss den Ehemaligen helfen, wo es geht.«

»Der Bischof ist ein wichtiger, vertrauenswürdiger Informant für uns und sorgt für Ruhe in der Stadt.«

»Dass ich nicht lache! Mit eurer Hilfe schleust er gerade ranghohe Nazis wieder in die besten Ämter. Harry! Ihr arbeitet für Hitlers Schergen!«

Ich sprang auf.

»Was redest du da?!«

»Die Wahrheit. Willst du noch mehr hören? Die organisierte Flucht über die Rattenlinie führt direkt an Salzburg vorbei durch die Krimmler Tauern.«

»Ich weiß, was die Rattenlinie ist.«

»Ja sicher, aber weißt du auch, wie viele da inzwischen Woche für Woche entkommen?« Er zeigte in die Ferne. »Mit Hilfe der Salzburger, Pinzgauer, Tiroler, Südtiroler. Weißt du das, ja? Steckst du auch mit denen unter einer Decke?«

»Jetzt reicht's aber, du bist ja völlig irre!«

Ich setzte mir meinen Green-Helm wieder auf und ging zum Motorrad. Max hielt mich am Arm fest.

»Willst du dich wieder prügeln?«, fragte ich ihn. Er ließ mich los.

»Ihr liefert ihnen Waffen. Wie die Engländer und Franzosen. Weil ihr alle längst einen neuen Feind habt, die Russen. Und da macht sich so ein hochrangiger Ex-Nazi als neuer Spion eurer Geheimdienste doch gut. Erfahrung im Ausland, zu jeder Brutalität bereit und verschwiegen wie ein Grab, weil er selbst bis zum Hals im Dreck steckt. Während die Kriegsverbrecher noch auf euren Fahndungslisten stehen, befehligen sie längst eure Agenten, und ihr bezahlt ihnen ein schönes Leben in der Sonne!«

Ich wusste, dass unsere Spionageabwehr europäische Top-Wissenschaftler zur Militärforschung abwarb. Auch Nazis. Aber Massenmörder?

»Ja«, sagte Max, als hätte er meine Gedanken gelesen, »es hilft auch die einfache Bevölkerung, wo sie kann. In Meran, da gibt es eine Gastwirtin, die beherbergt seit einem Jahr fast nur mehr ehemalige SS-Leute, bevor sie nach Italien abzischen und dann über Genua nach Südamerika. In einschlägigen Kreisen nennt man sie liebevoll ›Tante Anna‹.«

»Was hat der Typ auf dem Foto damit zu tun? Der mit der Narbe.«

»Der organisiert die Flucht im hiesigen Abschnitt, über den Krimmler Tauernpass hinüber nach Südtirol.«

»Hm. Und wer sind die anderen? Die da rundherum stehen?«

Seine Augen suchten auf dem Foto herum.

»Erkennt man nicht. Die sind viel zu klein.«

»Moment mal. Der hier! Das ist doch der Kunstfuzzi, der mich reingelegt hat. Wo ist der überhaupt? Ich hab den nie mehr gesehen.«

Max grinste.

»Lass das Foto vergrößern. Wir brauchen die Identitäten aller Salzburger, die solche Nazi-Fluchten unterstützen. Fangen wir bei den alten Seilschaften an, bei diesem Bild.«

»Der Typ mit dem Schmiss, den habe ich hier vor ein paar Wochen gesehen. Nachts, drüben in der Villa. Auch Eva ist in die ganze Verschwörung verwickelt.«

»Bitte keine Geschichten mehr, Max. Wenn sie dich abserviert hat, komm damit klar.«

»Eva hat offenbar etwas mit Mister Narbenfresse hier. Nicht in Ohnmacht fallen, zarter Knabe, das ist noch nicht alles. Sie behauptet, sie sei Betty Steinhart, die vom Atelier Ellinger.«

»Sie hat mich vorgewarnt, dass du diese Geschichte auftischen wirst. Max, das hat sie nie zu dir gesagt.«

»Hat sie. Sie lügt. Du weißt nicht, wer sie ist, Harry. Was macht dich so sicher? Betty Steinhart besitzt ein hübsches Fotoalbum. Da sind lauter Bilder drinnen vom Frühling '38. Die Salzburger stehen herausgeputzt am Straßenrand und jubeln dem böhmischen Gefreiten zu. Gute Aufnahmen. Man kann fast jeden erkennen. Wenn Eva Betty ist, will sie vielleicht die halbe Stadt damit erpressen.«

»Ich will dieses Album.«

»Bekommst du. Kümmere dich um die Rattenlinie, Harry. Deine Leute spielen ein mieses Spiel.«

Verrat. Überall. Eva. Meine Army. Max? Wem konnte ich noch glauben?

»Komm«, klopfte ich ihm auf die Schulter, »wir brauchen jetzt einen Gebrannten, um uns diesen braunen Dunst aus den Nebenhöhlen zu spülen.«

Die Verachtung

Ich hatte eine Menge Dreck erlebt bei den Russen, aber das hier war perfider. Jemand hatte mir Geschenke durch die Tür meiner Zelle geschoben. Feinstes amerikanisches Shampoo und eine Packung Chesterfield. Harry, dachte ich. Aber bald wurde mir klar, sie wollten mich weichkochen. In einem Knast lernt man schnell, wie man durchkommt. Ein Tag ist wie der andere, und dein Gehirn wird zu Brei. Ich brauchte mein Hirn. Für meine Mission. Die wollte ich erledigt wissen, und wenn ich dabei draufging. Danach? Nichts weiter. Die Vergangenheit vertan. Die Gegenwart? Leer. Ich hatte nur mehr Verachtung. Vor allem für mich selbst. Als ich das Rasseln des Schlüssels hörte, zuckte ich zusammen. Aufseherinnen sind alle gleich. In ihren Gesichtern wohnt das Nichts. In ihren Adern fließt stumpfe Brutalität. Ich wurde in ein Verhörzimmer gebracht.

»Wie geht es Ihnen?«, fragte Unger.

»Bestens, Officer. Ich gebe Cocktailpartys und gestern hatte ich einen schönen Tag am Meer. Sollten Sie auch mal probieren, Sie sind etwas blass.«

»Fein, dann schauen wir uns an, womit Sie mich erpresst haben. Danach erzählen Sie mir Punkt für Punkt, was Ihr Bruder und seine Leute vorhaben. Halten Sie unsere kleine Vereinbarung nicht ein, werden Sie die nächsten Jahre im Knast schmoren.«

Er öffnete eine Akte.

»So, also, Betty Steinhart, geboren am 5. Mai 1892, verheiratete Platter …«

»Warten Sie«, unterbrach ich ihn, »wie geht es ihr?«

»Weiß ich doch nicht! Sie hören mir jetzt zu und stellen besser keine unnötigen Fragen. Sie hat einiges durchgemacht. Ich bin gleich wieder da.«

Er verließ den Raum, und ich stellte mir vor, wie er jetzt mit Betty zurückkommen würde. Betty, die mich unerbittlich zur Rede stellte. Oder Betty, die mich auslachte und fragen würde, ob ich nicht lieber eine Partie Rommé mit ihr spielen wollte, anstatt sie mit meinem Griesgram zu langweilen. Unger kam zurück. Ohne Betty. In der nächsten halben Stunde öffnete er mehrere Akten, las daraus vor, schaute mich immer wieder prüfend an.

»1939 werden die Fotografien aus dem Atelier Ellinger weniger, die offiziellen von den Festspielen. 1940 ist es ganz aus. Da hat das Atelier, Besitzerin Betty Steinhart, keine Akkreditierung mehr. Wahrscheinlich hat jemand der Gestapo einen Tipp gegeben. Dabei war sie politisch völlig unauffällig.«

Unger legte die Akte kurz zur Seite.

»Wie es der Zufall so will, sind Sie da bereits wieder in der Stadt, und Ihr Mann ist ein hohes Tier bei der Gestapo. Er verfolgt den Fall mit erbarmungsloser Gründlichkeit. Wer hat Ihrem Mann den Tipp zu Betty Steinhart gegeben?«

Offenbar erwartete er keine Antwort und griff wieder zur Akte.

»Sie hält sich über Wasser mit Passbildern für Soldbücher, NSDAP-Ausweisen und den neuen reichsdeutschen Pässen, die jetzt massenhaft gebraucht werden. Die eine oder andere Adelshochzeit, das übliche.«

»Die Festspiele waren nicht ihr Hauptgeschäft.«

»Ach, und da kann man es ihr gleich wegnehmen? Wenn Sie alles wissen, warum reden wir dann hier überhaupt?«

Ich schaute weg.

»Sie muss für die Familie sorgen. Ihr Mann wird gleich nach Hitlers Einmarsch entlassen, zwangspensioniert im März '38. Bei Streichung größerer Bezüge.«

Unger griff zu einer zweiten Akte.

»Hier, Platter, Max, geboren am 7. September 1885 in Innsbruck. Stellvertretender Polizeidirektor von Salzburg und Chef der Kriminalpolizei. Beurlaubt am 23. März 1938. Beurlaubt ist gut. Damit fiel das Haupteinkommen für die Familie weg.«

»Schon wieder.«

»Wieso schon wieder?«

»Ach nichts.«

»Was haben Sie mit dieser Betty Steinhart oder Platter oder wie auch immer? Hören Sie, die lebt. Sie können da einfach hinspazieren in die Schwarzstraße – falls wir Sie hier je wieder rauslassen – und ihr Löcher in den Bauch fragen. Das ist doch absurd!«

Unger schüttelte den Kopf und stand auf. Er ging ein wenig hin und her.

»Ich verstehe Sie nicht, Eva.«

»Ich mich auch nicht.«

»Phhhhh, Sie sind mächtig durcheinander. Das sind viele. Irgendwie ist das ganze Land verrückt.«

Er setzte sich wieder, griff zur Akte.

»Am 24. März 1944 wird Betty Platter verhaftet.«

»Was?! Warum?«

Er blätterte die Seiten vor und zurück, dann wieder vor.

»Rundfunk-Abhörgemeinschaften, habsburgischer Separatismus, hochverräterisches Unternehmen vorbereitet, ein freies selbständiges Österreich propagiert.«

Er las stumm weiter. Dann fasste er das Gelesene zusammen.

»Ein V-Mann der Gestapo hat Betty, ihren Mann und zwei befreundete Ehepaare angezeigt, den Londoner Sender in deutscher Sprache regelmäßig abzuhören, seit 1941. Sie haben sich vorgeblich zum Kartenspielen getroffen, aber BBC gehört, Feindsender.«

»Wer war der V-Mann?«

»Ach, kennen Sie alle Verräter aus Salzburg? Nun, Sie kennen seinen Kontaktmann bei der Gestapo, das war nämlich Ihr Mann. Es gibt acht Akten zu diesem Fall. In einer ist das Verhör mit dem Spitzel und seinem Auftraggeber, das geht aus der Aktenübersicht hervor. Alle acht lagerten an einem sicheren Ort im Hauptquartier. Seit gestern sind es nur mehr sieben.«

Unger durchbohrte mich mit seinem Blick.

»Ich hab ja wohl das beste Alibi, Officer. Wie Sie wissen, war ich gestern am Meer.«

»Wen haben Sie beauftragt, diese Akte verschwinden zu lassen? Collins? Diesen Herumtreiber, Max? Ihren Bruder? Oder war es gar Ihr Mann, der nicht in Südamerika ist, sondern noch irgendwo hier in Salzburg?«

»Ich hab damit nichts zu tun.«

»Wir werden Sie schon noch kriegen, Eva, keine Sorge. Jetzt ziehen wir hier unser kleines Geschäft durch. Danach sind Sie sowieso erledigt. Aber ich kann immer noch eine Hafterleichterung für Sie erwirken.«

Unger schaute wieder in die Akte.

»Max Platter hat den Hitlergruß verweigert. Er war überzeugter Katholik und hat den Nationalsozialismus abgelehnt.«

»Was haben sie mit Betty gemacht?«

»Untersuchungshaft. Hier, in diesem Gefängnis. Vielleicht saß sie in Ihrer Zelle. Betty Platter scheint einen guten Anwalt gehabt zu haben. Eigentlich lauter Nichtigkeiten, die er da auffährt. Hm. Er hat Zeugenaussagen zusammengetragen für einen guten Leumund. Hier ...«, er tippte auf eine Zeile in der Akte, »›... zeigte sich im Krieg stets zuversichtlich und lobte die gerechte Verteilung der Lebensmittel.‹ Na bitte. Bettys Bruder war in der NSDAP, das hat sicher auch geholfen.«

»Wie endete die Sache für sie?«

»Mit Freispruch. Sie wollten die dicken Fische, die Männer, die allesamt vor '38 in höheren Positionen im Salzburger Justizapparat waren und illegale Nationalsozialisten verfolgt hatten. Das Ganze war ein Racheakt. Hier, die Urteilsbegründung. Betty hat angegeben, man habe Karten gespielt, das Radio sei nebenhergelaufen. Sie habe gar nicht hingehört. Wenn nicht gespielt wurde, habe sie mit den anderen Damen Frauengespräche geführt oder die Kinder zu Bett gebracht.«

»Wann war das?«

»1944.«

»Da waren ihre Kinder erwachsen!«

Jetzt entgleiste auch Unger ein Lächeln.

»Und die Männer?«, fragte ich.

»Zwei Todesurteile. Max Platter wurde zu fünf Jahren Zuchthaus verurteilt und nach Straubing überstellt. Das Datum der Verhandlung ist interessant, 21. April 1944. Einen Tag nach dem Attentat auf Hitler. Da wurde alles, was nach Zersetzung aussah, brutal verfolgt. Jetzt ist mir auch klar, warum sie den Freisler nach Salzburg gekarrt haben.«

»Wen?«

»Roland Freisler, ein Bluthund von Ankläger. Der hat auch eine Münchner Widerstandsgruppe auf dem Gewissen, Studenten, nannten sich Weiße Rose. Und die Hitler-Attentäter vom 20. Juli. Alles Todesurteile.«

»Was ist aus Bettys Mann geworden?«

»Befreit haben wir ihn, im Mai '45 aus der Haft in Straubing, wie viele andere. Erst vor ein paar Tagen ist er in den neuen Verfassungsgerichtshof berufen worden. In Wien.«

»Und Betty?«

»Ihre Fragen bohren mir langsam Löcher ins Knie! Diese Information noch und dann ist Schluss. Betty geht es gut. Sie führt ihr Geschäft und fotografiert auch wieder bei den Festspielen. Vor Kurzem ist sie zum ersten Mal Großmutter geworden.«

»Mein Gott, wie alt ist sie jetzt?«

»So, das reicht, Sie sind dran!«

Ich ließ mir eine Zigarette geben und einen Kaffee. Dann erzählte ich Unger alles, was mein Bruder und seine Leute vorhatten. Ich fühlte mich dabei nicht wie eine Verräterin. Hans würde ins Gefängnis gehen. Aber er würde leben.

»Und wann startet die ganze Aktion?«, fragte Unger.

»Übermorgen.«

Hinter seiner Stirn ging eine Lawine an Gedanken nieder.

Der Pakt

»Diese Aktion läuft unter meinem Kommando oder gar nicht«, herrschte ich Unger am Telefon an, »ich bin der Kommandant von Salzburg! Das Umland gehört zu meinem Verantwortungsbereich. Sie lassen Eva frei und dafür stelle ich Ihnen eine Einheit zusammen, mit der wir die Krimmler Tauern durchkämmen. Unter meinem Befehl.«

»General Collins, Harry!« Unger versuchte es noch eine Weile mit triftigen Argumenten gegen Evas Entlassung, dann gab er auf. Noch am selben Abend war sie wieder im Hotel, Zimmer 106. Am nächsten Tag traf ich Unger zur Befehlsausgabe in der Kaserne Glasenbach, eine hübsche Widerwärtigkeit im Alpenstil, die Hitlers Truppen noch vor dem Krieg errichtet hatten. Es war 5:30 Uhr morgens, die Sonne schien noch einmal kräftig einzuatmen, ehe sie erbarmungslos auf uns niederbrennen würde. Es war der heißeste Sommertag des Jahres 1946.

»Was will der hier?«, fragte Unger und zeigte auf Max.

»Der kommt mit.«

»Das verstößt gegen die Regeln, er gehört nicht zur Army.«

»Er ist ein Zeuge und muss Täter identifizieren.«

Ich ließ die Männer am Rand des Exerzierplatzes antreten und nahm ihre Meldung ab. Dann umriss ich den Einsatz. »Vor Ort hat Sergeant Unger das Kommando«, schloss ich. Der schaute mich erstaunt an. »Zusammenhalt«, raunte ich ihm zu, »das ist der Kodex unserer Army.« Max, Unger und ich bewegten uns aufs östliche Eingangstor zu, wo die Mannschaftswagen und unser Jeep bereitstehen sollten. Hinter uns marschierte ein bewaffneter Trupp Ranger von 20 Mann in Viererreihen, darunter zwei Funker. Am Horizont thronten die Alpen. Ihre Spitzen schneebedeckt. Der Pass über die Krimmler Tauern im Süden von Salzburg führte direkt nach Südtirol. Da oben würden wir sie fassen. Als ich wieder aufs Gelände sah, wurde mir zum ersten Mal klar, wie bäuerlich die Nazis hier gebaut hatten. Wozu braucht eine Kaserne Fensterläden und Holzbalkone? Fehlten nur noch die Geranien. Da, wo einst ihre Hakenkreuzfahne geflattert hatte, hing jetzt schlaff unsere Flagge mit blau-weiß-roten Balken herab, in absoluter Windstille. Die Farbkombination sollte die Einheit zwischen amerikanischen Truppen und Österreich repräsentieren. Eine wunderbare Erfindung. Weder unsere Soldaten noch die Salzburger hatten die Flagge je ernstgenommen.

Ich beschleunigte meine Schritte, als ich vor unserem Jeep einen blonden Haarschopf leuchten sah. Max griff nach meinem Arm und sah mich freudig an. Eva stand mit einem sehr jungen Mann da und unterhielt sich mit ihm. Sie trug knielange Lederhosen, einen Hut, dicke Wollstrümpfe, halb hohe Männerschuhe und eine Flanellbluse, in der es ihr bald zu warm werden würde. Je näher ich kam, desto mehr fiel mir auf, wie vertraut die beiden miteinander waren. Noch mehr irritierten mich die Karabinerhaken, Gurte und Seile, die überall aus Evas Kleidung herabhingen. Ein Alien der Alpen.

»Sir, ich darf Ihnen Colonel James Milano vorstellen«, sagte Unger und wies auf das Bürschchen neben Eva, es war keine 25. Ich suchte in Ungers Gesicht, aber der blickte geradeaus wie ein Wachsoldat vor dem Lenin-Mausoleum.

»Ja und?«, antwortete ich wirsch und nickte Eva zu.

»Ich hab hier das Kommando, Kumpel«, warf das Bürschchen aufgeräumt ein.

Ich war kurz davor, dem Kerl die Milchzähne in den Hals zu schieben. »Sie können sich ein wenig beliebt bei mir machen«, schob ich ihn zur Seite, »und sich augenblicklich subtrahieren.« Gerade wollte ich einsteigen, da nahm der Spätpubertierende Haltung an, salutierte und sabberte im weichen Singsang eines italienischen Einwanderers: »Colonel James V. Milano vom CIC. Ihre Operation ist ein geheimdienstlicher Spezialeinsatz. Sie werden über nichts sprechen, was Sie heute erleben. Sie werden niemandem die Identität der Anwesenden preisgeben. Das gilt für alle«, schaute er sich kurz um und wandte sich dann wieder an mich. »Sie können Ihre Leute befehligen. Nach meinem Kommando.« Jetzt versagte auch Ungers Beherrschung. Über sein gesamtes Idiotenantlitz zog ein breites Grinsen. Meine Leute standen locker mit ihren MPs herum wie Baseballamateure in den Südstaaten. Die ersten hatten sich eine Zigarette zwischen die Lippen gesteckt.

»Fluppe aus der Fresse und Haltung annehmen!«, brüllte ich sie an.

»Ich auch?« Eva blies Zigarettenrauch durch ihre schönen Lippen und schickte ein ebenso versöhnliches wie verführerisches Lächeln über ihre Grübchen. Dann stieg sie auf den Jeep. »Ladies first, oder?«, sandte sie ihre Gunst an Babyface Milano.

»Sie können leider nicht mit, Fräulein«, scherzte er sanft zurück, »ich kann nicht für Ihre Sicherheit garantieren.«

»Aber ich für Ihre, Jimmy«, wurde Eva ernst. Sie sprang auf das Trittbrett unseres Willys-Jeeps und schaute in die Runde. »Wer von euch Burschen hat je einen 2000er erklommen? Über der Baumgrenze, die Luft ist ziemlich dünn da oben. 65 Prozent der Körperprozesse werden auf das Drei- bis Siebenfache gesteigert.« Eva sah zur Seite, direkt zu einem unserer Männer. »Das bedeutet, dein Herz, Sweetheart, schlägt dann noch schneller, als wenn ich dir tief in die Augen blicke.« Der Junge wurde rot, die anderen raunten ein unterdrücktes Lachen. Eva fuhr unbeeindruckt fort. »Geröll, einige sehr schmale, wackelige Brücken über dem 30, 40 Meter tiefen Abgrund. Beim Wasserfall geht es 380 Meter in die Tiefe. Wir werden klettern müssen. Ich war schon als Kind in den Krimmler Tauern. Ich kenne mich dort aus. Genauso wie mein Bruder.

Sie sollten sich warm anziehen, wenn Sie denen da oben etwas entgegensetzen wollen.« Nach einer Pause fügte sie hinzu: »Schicken Sie lieber den da nach Hause.« Sie wies in Richtung Max. »In der Aufmachung gefährdet er die gesamte Aktion.«

Sie kannte sich also bestens aus im Salzburgischen. Ich war mir auf einmal nicht mehr sicher, ob Eva nicht doch von Anfang an von den Russen auf mich angesetzt worden war. Was lief da mit dem CIC-Hosenscheißer? Diese Lady war immer dort, wo sich die Macht aufhielt. Sie trug ein dickes, fettes Dollarzeichen, wo andere ein Herz haben. Max und ich schauten uns an. Wahrscheinlich dachten wir dasselbe. Erst jetzt fielen mir sein Straßenanzug auf, seine Budapester. Milano zögerte, und ich nutzte den Moment.

»Er wird von uns eingekleidet. Lifshitz«, wies ich einen meiner Männer an, »Uniform für ihn, aber schnell! Und für die Lady bringen Sie einen Helm.« Unger protestierte und drohte, mich vors Militärgericht zu zerren. Das reichte. »Mach so weiter, und sie werden bald ein paar Kugeln aus deiner Leber fischen«, zischte ich ihm leise zu. Max erschien und lenkte alle Aufmerksamkeit auf seine Ausstattung, die jeder von uns trug: netzbespannter Tarnhelm, die M1941-Feldjacke, eine olivfarbene Hose, rostrote Schnürstiefel. Über der Schulter Munitionsgürtel und Taschen für Messer, Lampe, Proviant. Unger machte sich währenddessen beim Geheimdienst-Burschi beliebt. »Der ist mir unterstellt«, wies ich auf den Schleimer, »aber Sie können ihn gerne haben, er taugt nämlich gar nichts.« »Der gehört zu uns, zum Geheimdienst«, grinste mich Milano an. »Ach, das wussten Sie nicht?«

Unter Ratten

Seit Stunden blickte ich in Harrys auf und ab wippenden Stiernacken, aus dem er sich beim Marschieren immer wieder mit einem riesigen Taschentuch den Schweiß wischte. Wir gingen stoisch, hatten lange nicht mehr gesprochen. Die Hitze brannte auf uns herab, aber keiner wagte es, um eine Pause zu bitten. Ganz nah hörte ich das Rauschen von Wasserfällen, die sich in die Schluchten der Krimmler Tauern stürzten. »Das ist ja lauter als an der Front, was Max?«, drehte sich Harry zu mir um. »Ach, du warst ja nie ...« Er biss sich auf die Lippe. Ich war viel zu erschöpft für Sensibilitäten. Die Rattenlinie. Wir hatten einen Bergkamm überwunden, ein Geröllfeld mit kopfgroßen Steinen bezwungen und einen reißenden Fluss. Ganz vorn gingen Eva, Unger und Milano. Wie mühelos sie jederzeit die Seiten wechseln konnte. Harry hielt kurz an und spähte durch seine Sonnenbrille, um die Landschaft zu erfassen. »Pause«, rief er gleichzeitig nach vorn zu unserer schamlosen Verräterin und nach hinten zu seinen Männern. Später lagen wir in der Landschaft herum wie die unnützen Steine. Einige tranken etwas, alle rauchten. Eva kam zu uns mit einer Landkarte, in die braune und grüne Flecken eingezeichnet waren. Ich konnte noch nie Karten lesen und empfand die Uniform, die ich trug, wie ein Faschingskostüm.

»Diese Hütte hier«, meinte Eva, »das könnte ihr Lager sein. Nicht zu hoch, da gibt es noch Holz für kalte Nächte. Dafür keine Zivilisation mehr. Hier wären sie sicher. In einem schafft man den Aufstieg bis zur Birnlücke nicht. Geschweige denn, mit dem anschließenden Abstieg ins Ahrntal, um auf die italienische Seite zu kommen.« Sie hielt ihre flache Hand an die Stirn und blickte in die Ferne.

»Heute kommt noch ein Unwetter.«

»Wieso nicht diese hier?« Harry kaute auf einem Apfel herum und tippte auf ein anderes Zeichen in der Karte mit dem Namen Krimmler

Tauernhaus. »Beide Hütten sind gleich weit entfernt und diese hier hat einen Zugang zum Fluss. Nehmen wir diese.«

Resigniert ließ Eva ihre Mundwinkel herabgleiten.

»Jetzt gehen wir erst so kurz miteinander, und schon enttäuschen Sie mich? Harry, Sie sind wie alle Männer. Sogar noch ein bisschen mehr. Weil das die Rast für die Juden ist.«

»Welche Juden?«

»Sie flüchten zu Tausenden. Über die Krimmler Tauern nach Südtirol und weiter über Genua nach Palästina. In Europa bleiben ihnen ja doch nur die Lager nach den Lagern.«

»Hier spazieren Opfer an Tätern vorbei?« Harry warf seinen Apfelrest in die Landschaft.

»Sie wissen voneinander und nutzen fast dieselbe Route.«

Eine Stunde später schlichen wir uns geduckt durchs Unterholz langsam an Evas Hütte heran. Mächtige Zirben hüllten uns in Schatten. Voran drei GIs mit einer leichten Browning Automatic. Dahinter Milano, Eva, Harry und ich, die Pistolen fest im Griff. Unger bildete den Schluss. Die Tür der Hütte stand offen, als hätte jemand das Weite gesucht. Langsam schob sich einer der GIs hindurch, nach ihm die zwei anderen. Harry bedeutete uns mit einer Handbewegung zu warten. Ich nahm die Fenster ins Visier, in einem war die Scheibe gebrochen. Wir hörten das Getrappel der GI-Stiefel im Inneren auf der Treppe, das schnelle Öffnen von Türen und wie die gegen Wände flogen. Dann kamen sie heraus. »*Clear*«, sagte einer von ihnen. »Sauber«, übersetzte uns Harry.

Mit blinzelnden Augen versuchten wir uns an die plötzliche Dunkelheit in der Hütte zu gewöhnen. Ich öffnete ein Fenster und stieß die Läden zur Seite. Auf dem Tisch lag ein SS-Dolch, Teller mit Essensresten standen herum und eine leere Schnapsflasche. Harry entzündete eine Petroleumlampe, die auf dem Kanonenofen stand, und ging damit herum. Er schauderte, als er Spuren von SS-Runen und einen Totenkopf mit gekreuzten Knochen an der Wand sah. »Sie waren hier«, murmelte er. Wortlos durchsuchten wir das Rattenloch und fanden nichts. Als ich schon nach oben gehen wollte, tippte Harry mehrmals mit seinem Fuß auf eine Stelle am Boden. Eva öffnete einen Karabinerhaken an ihrer Kleidung und reichte ihm einen kleinen Bergsteigerhammer. Mit einem Krachen öffnete sich die provisorisch genagelte Bodenplatte. Harry griff ins Nichts darunter und fischte eine große, flache Schatulle heraus. Er stellte sie auf den Tisch und öffnete den Deckel. Eine Walther PP bedeckte ein paar Fotos. Dazwischen ein grober Ring, wieder mit dem Totenkopf. Darunter lagen Briefe und eine blassrosa Handakte des deutschen Volksgerichtshofes von 1944 mit der Nummer R 3017 / 34408. »Strafsache gegen Max Platter und Barbara Platter.«

»Gehört das Ihrem Mann?« Unger wies auf die Schachtel. Eva vernichtete ihn mit einem einzigen Blick. Sie nahm die Akte, setzte sich auf eine Bank am Fenster und begann, darin zu blättern. Wir suchten inzwischen weiter nach Spuren der Nazi-Ratten.

»Hier ist der Beweis«, sagte Eva wie zu sich selbst, »ein Karl-Heinz Rothmayer beschreibt in der Vernehmung, wie er Betty und ihren Mann bespitzelte.« Sie lachte auf und schaute zu uns. »Der war Student! Am Mozarteum, gerade mal ...«, sie blätterte zurück, »... 20!«

»Ja, und ganz stolz ist er, der miese Verräter«, ergänzte Unger. »Ich hatte das ja auch mal in den Händen, bevor es gestohlen wurde.«

In diesem Moment krachte es. Aus dem Dachgebälk löste sich ein riesiger Schatten, stürzte sich auf Eva und zog sie von der Bank hoch. Ich musste nur ein Mal hinsehen: Es war Schlitzer-Hermann. In seiner Rechten ein Messer, das er Eva an die Kehle hielt. »Alle an die Wand!«, brüllte er. Wir folgten. Er hatte Eva, die uns mit weit aufgerissenen Augen ansah. Milano versuchte in schlechtem Deutsch irgendeine Deeskalation, die er in seiner Army gelernt hatte. Schlitzer-Hermann kam mit Eva auf ihn zu, sprach sehr leise mit ihm und verpasste ihm dann blitzschnell einen Schnitt knapp unterhalb der Halsschlagader. Ebenso rasant zog er das Messer wieder an Evas Kehle. Milano jaulte auf wie ein Hund, presste ein Taschentuch gegen das austretende Blut. Hermann grinste uns seine Goldzähne entgegen und schliff Eva in Richtung Tür. Plötzlich hörten wir Schüsse vor der Hütte, sie wurden zu einem Dauerfeuer. Ich nutzte den winzigen Moment, griff nach dem SS-Dolch auf dem Tisch und stach zu. Eva zog ich blitzschnell zu mir und schützte sie mit meinem Körper. Leider hatte ich etwas weniger Übung als Schlitzer-Herrmann und verfehlte sein Herz. Der SS-Dolch steckte aufrecht im linken Auge des SS-Obersturmbannführers. Er brüllte wie ein Schwein, sackte zusammen, verstummte und war in der Hölle. Wir wischten uns das Blut aus dem Gesicht, das in alle Richtungen gespritzt war. »Das war ein wichtiger Zeuge, Sie Idiot!«, kritisierte mich Unger. So etwas vertrage ich nicht gut. Ich verpasste ihm eine. »Alle auf den Boden«, schrie Harry und sprang zur einen Seite unter ein Fenster, ich zur anderen. Plötzlich hörte das Geballere auf. Vollkommene Stille. Langsam hoben wir die Köpfe. Ich schob die Gardine etwas zur Seite und sah: Leichen. Zu viele Leichen. Wieder einmal.

Die Hüttentür sprang auf. Zwei GIs mit einer Browning Kaliber 45 im Anschlag schoben einen Mann hinein. Er hatte die Hände nach oben gehoben und ging sehr vorsichtig. Als er vor uns stand, erkannte ich den Schmiss in seinem Gesicht.

»Hans!« Evas Stimme hatte etwas Flehendes. Auch ihr Blick.

»Ihr Bruder?«, fragte Unger. Eva nickte. Der Identifizierte schickte seiner Schwester eine Lawine an Verachtung. Auf Ungers Fingerzeig fesselten die beiden GIs Hans die Hände auf dem Rücken. Drei, vier andere Soldaten kamen in die Hütte. Harry sprach leise, aber mit Nachdruck in seinem gekauten Englisch auf Milano ein, der nickte. Der Kommandant hatte sich offenbar seine Befehlsgewalt zurückerobert.

Er rief irgendwas in den Raum, worauf sich die verbliebenen Soldaten zu Tür und Fenstern begaben, immer noch die Gewehre im Anschlag. Wir warteten. Schweigend. »Abzug, der Einsatz ist beendet«, rief Harry irgendwann in die Stille. »Aber Vorsicht, die Schweine können hier noch irgendwo sein.« Wie wir gekommen waren, schlichen wir aus dem Haus. Die Sonne hatte sich verkrochen, es war kalt. Nur mehr zwei GIs vorn und fünf dahinter eskortierten uns aus der Hölle. Alle anderen lagen durchsiebt vor der Hütte, mitsamt einiger Männer in Zivil. Einige Gesichter waren weggeschossen. Wer von ihnen war Nazi? Wer Fluchthelfer? Wenn Hans im Unglück nicht singen würde, würden wir das wahrscheinlich nie herausbekommen. Schweigend begannen die GIs, Harry und sogar Milano, soweit er konnte, die Helme der herumliegenden Soldaten einzusammeln oder sie von ihren zertrümmerten Schädeln abzunehmen. Sie legten die Stahlschüsseln neben das Haupt der Toten, hielten inne und salutierten. Als wir schon fast wieder auf dem Plateau zum Abstieg waren, sah ich mich noch einmal um. Wind war aufgekommen, und die Helme rollten auf dem Schlachtfeld herum wie abgehackte Köpfe.

»Wie lange?«, fragte Harry Eva mit einem besorgten Blick ins Tal. Eva schaute nicht von ihrer Landkarte auf und meinte: »Drei Stunden.« Der Himmel wurde zuerst lila, dann grau, dann schwarz. Auf einmal öffnete er sich zu einem heftigen Wolkenbruch. Harry befahl, aus einer Plane und zwei stabilen Ästen eine Trage für Milano zu bauen. Der war immer leiser geworden und fast kollabiert. Vielleicht hatte ihn auch nur der Anblick der Leichen aus dem Tritt gebracht. Aus der Ferne hörten wir Donnergrollen. Der Dauerregen hing wie ein schwerer Vorhang über der Bergkette. Immer wieder rutschten wir aus. Vor allem Hans mit seinen gefesselten Handgelenken stürzte mehrmals. Mit 13 Mann Verlust, einem Verletzten und einer Geisel würden wir von unserer Mission zurückkehren. Die ganze Aktion war ein erbärmlicher Reinfall.

DOOOWN!
BOOM

SPLAT!
RATATATATATATATATAA

STERBEN? JETZT?!
ZUR HÖLLE!!

Liebe, kälter als der Tod

Als ich tief in der Nacht die Tür zu meinem Hotelzimmer aufschloss, als ich mir wieder und wieder Zigaretten anzündete, als ich den Brandy bald nur noch aus einem randvoll gefüllten, großen Wasserglas trank, spulten sich die immer gleichen Bilder und Geräusche in meinem Hirn ab. Das Flugzeug mit den Suchscheinwerfern. Der steil stehende Dauerregen, der davon angeleuchtet wurde und mir ins Gesicht klatschte. Die Bande, die uns beim Abstieg überfallen hatte. Die Schießerei. Nazis? Ich wusste es nicht. Milano, den sie einfach fallen gelassen hatten und der mir zurief: »Eva, Sie werden nicht sterben! Heute nicht!« Als wäre das alles ein Spiel. Wie mich Hans den ganzen Abstieg über angesehen hatte. Kein Vorwurf. Nur die eine Frage im Gesicht: Warum? Wie mich da Blitze aus unserer Kindheit durchzuckten. Von den Abenteuern genau hier auf diesen Wegen oder am nahen Wasserfall. Wie das schmerzte. Der Wind von den Propellern des Flugzeugs, der mich immer wieder zurückwarf. Der GI, der aus der Maschine heraus an mir zog. Der andere GI, der mich in den Einstieg schob. Wie ich hineinfiel. Wie wir sofort abhoben. Wie sie dabei nicht aufhörten zu lachen. Als hätten sie nach diesem existenziellen Erlebnis alle beschlossen, gemeinsam irre zu werden.

Wie der Tod uns dann doch einholte.

»General Clark!«, rief einer der Soldaten durch den Lärm in der Flugzeugkabine Harry zu, als der sie irgendetwas gefragt hatte. Wahrscheinlich, welcher Engel sie geschickt hatte. Max, der den ganzen Tag kein Wort gesprochen hatte, war völlig aufgedreht. Kaum mehr erkennbar unter dem getrockneten Schlamm und den Blessuren in seinem Gesicht, begann er eine unsinnige Fragerei zu dem Flugzeug. Was es alles könne. Wo es eingesetzt sei. Dauernd wiederholte er den Namen: Douglas C-47 Skytrain. Douglas C-47 Skytrain. Wie lang ist die Douglas C-47 Skytrain? Und wie breit?

Wir saßen einander gegenüber in zwei seitlichen Reihen auf Stoffsitzen. Unger las unaufhörlich in der Akte zu Betty Steinharts Prozess. Inzwischen musste er jedes Wort auswendig können. Vielleicht wollte er das. Falls sie ihm wieder abhandenkommen würde.

»Im Grunde weiß ich das alles«, schloss er erschöpft den Papphefter.

»Ach so?«, fragte ich ihn. »Warum haben Sie den Verräter dann nicht längst dingfest gemacht? Er war ein Gestapo-Spitzel. Der hat Betty Steinhart auf dem Gewissen!«

»Betty Steinhart lebt, und dieser Rothmayer ist ein kleiner Fisch, den wir noch etwas schwimmen lassen, ehe er uns zu irgendwelchen Ehemaligen führt. Der ist jung, singt Operetten und säuft. Lassen wir ihn weiter lustig sein.«

»Vielleicht hilft er ja auch ranghohen Nazis beim Untertauchen. Womöglich über die Rattenlinie. Ihr lasst sie entkommen.«

»Das wüssten wir. Wir wissen alles, Eva. Jeder vierte Salzburger arbeitet mit den Geheimdiensten zusammen. Jeder dritte mit uns. Darunter viele Frauen. Miss Moné zum Beispiel, die wohnt ja gleich über unserem CIC-Büro im Bristol. Schöne Wohnung. Haben wir ihr besorgt.«

»Rosamund Moné? Die volksdeutsche Primadonna?«

»Ja.«

»Falsche Schlange! Leicht anzufüttern. Genau so haben es die Nazis gemacht.«

Wir überflogen die Krimmler Wasserfälle. Selbst von hier oben konnte man die sich aufbäumende Gischt sehen. Alle schauten aus den Fenstern. Das Flugzeug drehte Ehrenrunden. Die Amis bestaunten das Naturwunder wie Touristen.

»Miss Moné ist sehr auskunftsfreudig.« Unger wurde unangemessen laut, sodass jeder mithören konnte. »Viel Klatsch, aber auch gute Informationen. Über Sie zum Beispiel. Wir wissen alles über Ihre Vergangenheit und Ihre Verbindung zu Betty Steinhart.«

»Eva!«, schrie plötzlich Hans, der aufgesprungen war. »Schau, wie stark ich bin!« Wieder erlebte ich, wie mein Bruder ausgelacht wurde. Sogar von den Burschen, die kleiner waren als er. »Schau genau hin!«, rief er.

Hans sprang. Ich kann mich bis heute nicht erinnern, wie er die Flugzeugtür aufbekommen hatte. Alle, auch die blitzschnell reagiert hatten, kamen zu spät. Hans stürzte in den Wasserfall, den er als Kind so geliebt hatte.

Wollte er mich aus Ungers Geißel befreien und mein dunkelstes Geheimnis schützen? Durch das kleine Bullaugen-Fenster sah ich Hans davonfliegen. Ich hatte nicht geschrien oder war zu ihm gelaufen wie die anderen. Ich blieb starr und stumm. Sprach kein Wort mehr an diesem Tag und auch nicht an den folgenden. Ich glaube, ich habe wochenlang nichts mehr gesagt. Ich war kalt. Kalt vor Liebe.

Tickende Bombe

Wir glauben unerschütterlich an den Sieg unserer Existenz. An Entfaltung, Eroberung, an ein Echo im anderen. Träumer glauben an die Liebe. Realisten an eine kleine Beute. Dabei ist unser ganzes Leben durchdrungen von Zerstörung. Dann erschrecken wir. Jedes Mal aufs Neue. Werden melancholisch. Fangen an zu reparieren und haben endlich wieder zu tun. Ich war mir sicher, Salzburg wieder zu einer funktionierenden Stadt machen zu können, in der die Zehn Gebote einigermaßen eingehalten werden. Wir hatten Schutt weggeräumt, neue Strukturen geschaffen, und doch blieb alles Korruption, Verkommenheit. Und ich, Harry J. Collins, der Kommandant von Salzburg, steckte bis zum Hals in diesem Sumpf.

Unger hatte uns verraten. Die lächerliche Exkursion zur Rattenlinie war gescheitert an der Übermacht bewaffneter Nazis. Als ich ihn zur

Rede stellte, tief in der Nacht in unserer Kommandantur, saßen wir einander in Unterhosen gegenüber. Die nassen Uniformen hingen steif über Stühlen. Sie stanken, und der Regen trommelte unaufhörlich ans Fenster. Unger meinte nur: »Manchmal muss man mit dem Teufel tanzen, Harry, für ein höheres Ziel. Die Nazis kennen sich besser aus mit den Russen, wir brauchen sie. Sir, Sie verstecken sich im Schatten Ihrer Moral und der Ehre unserer Army. Aber wir sind nicht mehr als Marionetten. Mir geht es wesentlich besser, seitdem ich das akzeptiert habe.«

Zerstörung. Es war Zeit, aufzuräumen. Ich hielt mich von diesem Tag an von Ungers dreckigen Machenschaften fern und zog die Zügel in der Stadt noch einmal kräftig an. Es kostete mich Monate, wenigstens einige ehemals ranghohe Nazis dingfest zu machen. Die Kleinen, wie Gestapo-Spitzel Karl-Heinz Rothmayer, entwischten uns. Er hatte einen deutschen Pass. Für ihn waren meine Kameraden in München zuständig. Im August 1947 räumten wir das Lager Glasenbach. 21 Kriegsverbrecher übergab ich dem Landesgericht. Tausende kamen glimpflich davon. Als schwerster Brocken erwies sich der Goldzug. Es dauerte bis zum Frühjahr 1948, ehe die verbliebenen Schätze in die Vereinigten Staaten verschifft und dort versteigert wurden. Den Erlös verteilte das Pentagon an jüdische Organisationen – in den USA. Die 1100 Gemälde fielen an den österreichischen Staat. Ich war felsenfest davon überzeugt, gegen all diese Zerstörung von Hoffnung oder Gerechtigkeit immun zu sein. Ich stand auf der richtigen Seite.

Bevor die Kostbarkeiten nach Bremerhaven gefahren wurden, nahm ich mir ein hübsches Smaragdcollier heraus. Was ich mir dabei gedacht habe? Gar nichts. Es waren Tausende Kisten, wem fehlte da ein winziges Collier? Ich hatte meinen Instinkt verloren auf dem dünnen Drahtseil zwischen Gut und Böse. Aber ich fiel nicht, ich hatte festen Halt im Arm der Macht. Wie meine Army, die Gelegenheitsdiebe und mehrere Staaten beraubte ich die ungarischen Juden ein zweites Mal. Niemand von ihnen hat je ein Stück aus dem Goldzug wiedergesehen. Unsere Verkommenheit, jeder mit seiner ganz eigenen, lag wie eine tickende Bombe auch zwischen Eva, Max und mir. Nur wenige Wochen nach meinem Diebstahl lebten wir alle drei ein völlig anderes Leben. Aber davon hatte ich noch keine Ahnung. Mit dem Collier in der Hosentasche machte ich mich auf zu einer höchst privaten Angelegenheit.

Zweimal klopfte ich an die Tür von Zimmer 106. Niemand öffnete. Eva würde im Türrahmen zum Badezimmer stehen, eine Hand in der Hüfte, die andere flach an den inneren Rahmen gelegt. Sie würde einen Morgenmantel tragen, der so gut wie nichts von ihrer fantastischen Figur verbarg. Sie würde lächeln. Ich würde das Collier aus der Tasche ziehen und es ihr um den Hals legen. Wir würden einander küssen. Ich nahm den Schlüssel aus der Tasche und schloss die Tür auf. Als ich eintrat, kam mir Max aus dem Schlafzimmer entgegen. Er machte sich nicht einmal die Mühe, sein Hemd ordentlich in die Hose zu stecken. »Harry, alter Knabe, du hast einen Schlüssel?«, fragte er mich beschwingt und zündete sich eine Zigarette an. »Ich habe hier zu jedem Zimmer einen Schlüssel, das ist unser Hotel«, gab ich zurück. Eva kam pfeifend aus dem Badezimmer und hielt jäh inne. So standen wir alle drei in ihrem Salon. »Harry«, hauchte sie lind in meine Richtung. Dann ging sie auf Max zu, legte ihre Hände sanft um seinen Hals und flüsterte ganz nah an seinem Kopf: »Du musst jetzt gehen.« Max grinste blöd, nahm sein Jackett, das achtlos über eine Sessellehne hing, seinen Hut und verschwand. Eva wies mir einen Platz auf ihrer Couch zu und setzte sich gegenüber. Ich spürte das Collier in der rechten Hand, die in meiner Hosentasche lag. Ich zögerte. Setzte mich.

»Sie sollten aufpassen, mit wem Sie sich da einlassen«, sprach ich im Tonfall des Vorgesetzten. »Ein Kontakt mit der Unterwelt von Salzburg ist kein Sonntagsausflug.«

»Officer, Sie wissen doch, dass ich gut auf mich aufpassen kann.«

»Max hat Familienväter auf dem Gewissen. Und Kinder. Neuerdings macht er in Penicillin. Er streckt das Zeug und verkauft es illegal ans Krankenhaus. Babys und Kleinkinder sterben qualvoll daran. Man hört, dass er mit dieser Masche bis nach Wien expandieren will. Gut möglich, dass er dort in einem Abwasserkanal endet.«

Eva sah mich ungläubig an.

»Er hätte in Kuckucksuhren investieren sollen.« Entkräftet suchte ich in meinen Taschen nach Zigaretten, Eva hielt mir ihre entgegen und schob das Tischfeuerzeug herüber.

»Harry«, sagte sie, »Sie haben recht, Max ist ein Gauner. Ich weiß das. Als wir alle glaubten, er sei tot, nach der Schießerei am Goldzug, da ist mir etwas klar geworden.«

Ich schaute sie aufmerksam an. Es lohnte sich. Ihr übernächtigter Blick. Diese Risse im Beton ihrer Selbstkontrolle.

»Ich liebe ihn, und ich kann nichts dagegen tun.«

Einen Moment später stand ich auf, legte das Collier auf den Tisch und wurde sachlich: »Miss, Sie sollten sich dringend einen Wohnungsschein besorgen. Meine Army kann hier nichts mehr für Sie tun.«

Doppelbelichtung

»Herr Max!« Franz winkte mich zu seiner Rezeption heran, als ich Evas Zimmer verlassen hatte. Es war kurz nach Mittag und nichts los im Österreichischen Hof. Als ich vor ihm stand, schaute er weg und sprach die für mich vorgesehenen Worte leise ins Nichts. »Eine größere Kaffeelieferung wird die Grenze von Freilassing morgen Abend passieren. Echter Kaffee. Üblicherweise machen die Herren Begleiter eine kleine Pause in der Gaststube.« Ich zückte meine Geldbörse. »Ach so«, sprach er mich jetzt an, »und Ihre Fotos sind fertig, das Atelier Ellinger hat angerufen.«

Diskret schob ich ihm einen größeren Schein zu: »Das wird Sie vor dem Armengrab bewahren.«

Leichtfüßig nahm ich die paar Meter bis zum Atelier Ellinger. Die Glocke begrüßte mich wie ein Empfangsorchester. Vor mir war noch eine junge Frau dran, die in nervtötender Unentschlossenheit vor ihren Abzügen stand, die auf dem Verkaufstisch ausgebreitet waren. Der junge Angestellte schaute kurz auf, erkannte mich und grüßte. Ich setzte mich auf die Freud-Bank mit dem hellen Seilgeflecht, steckte mir eine Zigarette an und wartete. Durch den rotsamtenen Auftrittsvorhang des Geschäfts erschien eine Dame mittleren Alters. Sie trug ein Kostüm und eine hochgeschlossene, helle Bluse mit einer Brosche über dem obersten Knopf. Ihr dunkles, kurzes Haar war von ersten grauen Fäden durchzogen. Sie schaute mich mit einem offenen Blick aus wasserblauen Augen an und nickte mir kurz zu. Dann ging sie zum Ladentisch, redete kurz mit dem Verkäufer und kam mit einer Fototasche zurück.

»Sie können ruhig schon etwas stöbern, die Bezahlung ist dann bei dem Herrn«, wies sie auf den Knaben, der seine Kundin mit Engelsgeduld beriet.

»Frau Ellinger?«, sprach ich Sie an und verhaspelte mich. »Ähm, Frau Steinhart? Platter?«

»Alle nennen mich Frau Ellinger, der Rest ist zu kompliziert«, gab sie geschäftig zurück und wollte gehen.

»Warten Sie, ich möchte mir die Bilder gemeinsam mit Ihnen anschauen.«

»Stimmt etwas nicht? Sie haben ja noch kein einziges gesehen.«

Ich öffnete das Kuvert, nahm das Konvolut an Fotos heraus und reichte ihr das Bild von der Schlägerei vor dem Festsaal des Landesgerichts. Ich stehe mit einigen Männern auf dem Flur, die Armbinden mit Hakenkreuzen tragen, und Hans, Evas Bruder, haut mir eine rein.

»Erkennen Sie jemanden?« Betty Steinhart nahm ihre Brille, die an einer Kette um ihren Hals hing, setzte sie auf und musterte den Abzug.

»Den einen oder anderen, ja. Aber die meisten sind doch unscharf. Zu wenig Licht für Bewegungsaufnahmen, falsche Optik.«

Ich nahm das zweite, dritte, vierte Bild und reichte ihr die Aufnahmen nacheinander. Es waren die Vergrößerungen der umstehenden Leute. Während sie die Fotos studierte, fiel mein Blick auf das fünfte. Es zeigte eine mondäne Blondine mit einer Pelzstola über dem Abendkleid. Der Schock lähmte meine Glieder, und ich spürte eine unendliche Müdigkeit. Es war Eva. Betty Steinhart durchblätterte die Großaufnahmen und winkte ab.

»Alte Zeiten. Völlig uninteressant! Leben Sie im Jetzt, junger Mann, das macht Sie glücklicher.« Ihre Geduld war sichtlich aufgebraucht.

»Nur noch dieses. Bitte.« Ich reichte ihr das fünfte Bild. Ihre wachen Augen glitten darüber. Um ihre Lippen bis hinauf zur Nase spielte ein fein unterdrückter Schreck.

»Kennen Sie diese Dame?«

»Nein«, sagte sie. »Bestimmt nicht.«

Entschlossen wandte sie sich ab und verschwand endgültig hinter dem Theatervorhang. Ich ging ihr nach, wagte es aber nicht, auf die Hinterbühne einzudringen.

»Frau Ellinger«, sagte ich durch den Samt, »helfen Sie mir, das alles zu verstehen.«

Die nervtötende Kundschaft ging an mir vorbei zum Ausgang. Von der Gasse drang das Tuckern eines Dieselmotors in die Stille. Da erschien noch einmal die Prinzipalin des Hauses. Beinahe hätte ich ihr Szenenapplaus gegeben. Sie schickte ihren Angestellten nach hinten, drehte an der Kurbel ihrer Kasse und äußerte einen seltsamen Gedanken, der mich noch lange beschäftigte.

»Kennen Sie das Prinzip der Doppelbelichtung? Ein Mensch, aufgenommen zu verschiedenen Zeiten, an verschiedenen Orten, begegnet sich selbst. In einem Bild. Möglich wird das, wenn Sie diese Person zweimal fotografieren, ohne den Film weiterzutransportieren. Sie verdoppeln das Ich, frieren seine Vergangenheit und Gegenwart zur Gleichzeitigkeit ein. Vielleicht findet ja tatsächlich alles in einer Zeit statt. Vielleicht heilt sie deshalb keine Wunden. Vielleicht machen die Menschen deshalb immer wieder dieselben Fehler. Und ganz bestimmt wäre unser Inneres dann so gestaltet, dass wir unserer Schuld niemals entkommen.« Beherzt schob sie die Geldlade in die Kasse. »Aber das ist natürlich nur eine theoretische Überlegung. In Wirklichkeit haben wir Uhren.« Demonstrativ schaute sie auf ihre Armbanduhr und wünschte mir, dass Gott mich grüßen möge.

Harry

Am 14. Juni 1948 verabschiedeten wir Harry J. Collins, den Kommandanten der amerikanischen Streitkräfte der Stadt und des Landes Salzburg sowie von Oberösterreich. Bei der feierlichen Parade auf dem Mozartplatz rief mir Max zu: »Eva, schau dir das an, Hollywood-Harry in einem Revuefilm.« Es war wenige Wochen nach unserer unschönen Begegnung in meinem Hotelzimmer. Der offizielle Grund für seine Abreise nach Amerika lautete »ehrenhafte Versetzung«. Bei einer der vielen privaten Abschiedsfeiern in der Stadt gab es Champagner. Draußen war Versorgungsnot. Ich trug mein enganliegendes, kühl seidenes Abendkleid und ein Smaragdcollier. Harry schaute mich kaum an. Wir waren umzingelt von strahlenden Gesichtern und Heuchelei. »Komm«, sagte ich zu Max, »ich halte so viel Frohsinn nicht aus.«

Harry ließ es sich nicht nehmen, auf eine dreitägige Abschiedstour durch die Provinzen zu gehen. In einem geschmückten Sonderzug. Die Österreicher warfen ihm ein paar Orden und Ehrenbürgerschaften hinterher. Beim endgültigen Abschied auf einem nächtlichen Bahnsteig umarmte ich ihn. Harry löste sich schnell aus der Nähe zu meinem Körper und klopfte Max so stark auf die Schulter, dass der etwas nach vorn fiel. Ich sah ihm dabei zu und fühlte nichts, wie immer bei solchen Gelegenheiten. Was wollen Sie? Welches Ungeheuer da auch immer in mir haust, es ist meines. Eine Stunde später blickte ich in das Waschbecken meines Hotelzimmers und sah braune Streifen in den Abfluss rinnen. Ich richtete mich auf, warf mein Haar nach hinten und betrachtete die rothaarige Fremde im Spiegel. Um meine Mission zu erfüllen, fehlte nur noch ein Schritt.

Eva

Zwei großzügige Geschenke hatte Harry uns hinterlassen. Für Eva das Wohnrecht im Österreichischen Hof auf Kosten der Amerikaner für mindestens drei weitere Jahre und für mich seinen schwarz glänzenden Buick Coupé. Das Problem war, ich konnte nicht Autofahren. »Das bringe ich dir bei, Max!«, hatte Eva am Telefon gelacht. So etwas lässt ein Mann meines Formats nicht zu. Aber Eva schuldete mir noch eine Antwort.

Mit dem Foto von der Schlägerei im Landesgericht machte ich mich an einem strahlenden Sommertag auf zu meiner allerersten Fahrstunde. Meine Stimmung war Technicolor. Ich ließ Herrn Franz hinter seiner Rezeption stehen, der mir irgendetwas zurief, verzichtete auf den Lift und nahm die Stufen zu Evas Zimmer doppelt. »Herr Max!«, ächzte Franz hinter mir. Ich wusste gar nicht, dass er gehen konnte.

»Herr Max, warten Sie, es ist wichtig.«

»In diesem Hotel ist nur eines wichtig. Und das befindet sich in Zimmer 106, wie Sie wissen«, gab ich zurück und nahm die nächsten Stufen.

»Nicht mehr. Sie ist abgereist.«

Ich drehte mich um. Franz war stehen geblieben, unten an der Treppe. Ich versuchte, meine Gedanken zu ordnen, war in zwei, drei Sätzen bei ihm und nahm den Lügner am Schlafittchen.

»Was reden Sie da, Sie Bastard!«

»Es tut mir leid. Fräulein Eva hat heute Morgen Salzburg verlassen.«

Ich stürmte nach oben. Zwei Zimmermädchen kamen mir entgegen. Sie hatten alle Spuren von Eva und meiner Zeit mit ihr verschwinden lassen. Ich riss jede einzelne Schublade auf, nahm das Holzbrett aus dem Boden ihres Kleiderschranks und schleuderte es auf den Glastisch. Ich warf die Matratze aus dem Bett und stürzte das Gestell um. Ein Hinweis, wo ich sie finden würde, ein Abschiedsbrief – nichts. Als ich das Zimmer vollkommen auseinandergenommen und mehrere Möbel zerstört hatte, sank ich zusammen.

Danach war jeder Tag gleich. Ich ging stundenlang durch die Stadt. Suchte Eva. In den Gassen, im Café Bazar, in der Trapp-Villa. In den Bergen, im Landestheater, im Atelier Ellinger. Im Österreichischen Hof hatte ich Hausverbot. Ich stahl ihre Akte aus dem Landesgericht. Setzte Paumgartner, ihrem Festival-Informanten, eines Nachts die Pistole an die Schläfe. Holte mir den Gefallen ab, den mir eine der drei, vier Familien noch schuldete. Ich ließ die höchsten Kreise nach ihr fahnden. Es war, als hätte Eva niemals existiert. Ich lenkte mich ab. Mit meinen Geschäften, wie besessen. Schier endlos erweiterte ich das Sortiment und war in jedem erfolgreicher denn je. Wenn ich nach Hause ging, dahin, wo mein Bett stand, redete ich mit Eva. Ich fragte sie, was denn geschehen war und ob sie jetzt glücklich sei. Dass sie mich in eine kalte Dunkelheit aus Fragen fallen gelassen hatte, verdrängte ich in die tiefsten Kammern des Vergessens. In schlaflosen Nächten klagte ich den Schatten an der Wand mein Leid. In den anderen erschien sie mir, und ich durchlebte alle Qual noch einmal. Oder das Gegenteil. An jedem nächsten Morgen redete ich mir ein, dass Eva gegangen war, weil sich mich retten wollte. Vor ihrer Grausamkeit.

Irgendwann verlor ich das Gefühl für Tag und Nacht. Einmal, als ich in der Oase frühstücken wollte, schmissen sie mich raus. Therese, die rothaarige Eistänzerin mit dem Serviertablett, sammelte meine Einzelteile vor der Tür aus dem Dreck. Es war tiefe Nacht. Ich machte ihr einen nicht ernst gemeinten Heiratsantrag. Sie stimmte sofort zu. Therese brachte mein Leben wieder in Ordnung. Wir zogen nach Wien, und die Vergangenheit mit Eva löste sich in leiser Zurückhaltung auf.

15 Jahre später holte mich alles wieder ein.

Max

In dem Mann mit den schlohweißen Haaren erkannte ich Herrn Franz nicht. Aber an seiner Katzenfreundlichkeit. Er schob mir meinen Zimmerschlüssel über die Rezeption und sagte: »Die Feier nach der Einsegnung ist dann in der Residenz, im Carabinierisaal.«

Eine halbe Stunde später überquerte ich die Staatsbrücke. Ich wollte wissen, ob die Hintereingänge der Stadt noch dieselben waren. Als ich über ein Nebentor den Friedhof St. Peter erreichte, durchzog mich ein kurzer, flirrender Schmerz. Hier hatten Harry und ich uns geprügelt und unsere Freundschaft für immer besiegelt. Es gab frische Gräber. Auf einem entdeckte ich ein ovales Bild aus Porzellan. Es zeigte das Autogrammfoto von Rosamund Moné. In goldener Schrift stand darunter: Rosemarie Magenschab. Es sei ihr verziehen. Ich verließ die alten Geschichten in Richtung Toskanahof, wo alles wie früher war, als hätten sie diese Stadt konserviert. Ein hellblauer Fiat 500 parkte sich etwa fünf Meter vor mir ein. Ansonsten war der Platz menschenleer. Ich sah den Fahrer am Lenkrad rudern, daneben schemenhaft seine Frau. Jetzt in die Getreidegasse, ich wollte schauen, ob es die Oase noch gab und Therese davon erzählen. Ich stellte meine Fototasche auf den Boden, um den Apparat einzupacken. Das Klappern von Autotüren, ihr Geplänkel, ich richtete mich auf. Die Frau sah mich an, ging einen Schritt vorwärts, nahm die Augen dabei nicht von mir, auch nicht, als sie stehen blieb. Ich ging auf sie zu. »Kennst du mich nicht mehr?« Sie setzte ein suchendes Gesicht auf und dehnte ihre Antwort, auf dass ihr doch noch etwas Gutes einfiele: »N-ein?« Als aufrichtiger Connaisseur ihrer schauspielerischen Fähigkeiten hoffe ich bis heute, dass dies der schlechteste Auftritt in Evas Leben war.

»Sag es ihm«, wandte sie sich stammelnd an ihren Begleiter, »ich hab so was ... ich, manchmal ...«

»Ja, das hat sie immer wieder«, leistete der Mann Erste Hilfe.

»Max«, half ich ihr aus ihrer Amnesie.

»Ach Max ... Warum bist du hier, in Salzburg?«, fragte sie mit dünner Stimme.

»Aus demselben Grund wie du, nehme ich an.«

Ihr Begleiter nickte mir wohlwollend zu.

»Aber das ist erst morgen.« Eva hatte wieder etwas Fassung gewonnen.

»Ich weiß, ich schau mich hier nur ein wenig um. Bis dann!« Bei meinem Gruß sah ich sie nicht mehr an.

Am nächsten Tag, irgendwann im März 1963, begruben wir Harry J. Collins auf dem Friedhof St. Peter. Ganz Salzburg stand auf dem unwegsamen Areal zwischen den Gräbern. Nun gut, die Oberen 200. Wieder spielte eine Militärkapelle, und bei der Trauerfeier in der Residenz bogen sich die Tische. Nach dem Essen standen wir lange in einer kleinen Runde. Paumgartner war dabei, der uns wohl alle überleben würde. Und Eva. Sie sprach mich niemals an, reagierte hie und da schwach, wenn ich unangebrachte Scherze in die Gesellschaft sandte. Sie wirkte fragil. Ihr Körper so starr, dass sie mich an die Ritter in Metallrüstungen erinnerte, die am Rande des Saales herumstanden. Wenn sie sich unbeobachtet glaubte, entglitt ihr Gesicht in einen Abgrund unendlicher Trauer. Ich wusste nicht, ob sie an Harrys Tod litt, an einer unglücklichen Liebe oder an sich selbst.

Die Doppelte Frau

»Mach auf.« Ich sprach diesen Satz voller Ruhe und Gewissheit. Hinter der Tür wurde es abrupt still. Hielt sie den Atem an? »Mir ist völlig egal, ob dein neuer Beschützer bei dir ist oder nicht, Eva. Obwohl, ich weiß ja gar nicht, ob das noch dein aktueller Name ist. Weißt du was, nachdem du beschlossen hast, mich nicht mehr zu kennen, nenne ich dich einfach Unbekannte. Also, Unbekannte, mach auf. Du schuldest mir noch etwas.« Stille. Ich hörte ihre Schritte. Sie ging weg. »Ich schulde dir auch noch etwas«, wurde ich lauter. »Ich kann dir viel über Betty Steinhart erzählen, Eva, Unbestimmte.« Die Schritte kamen wieder näher.

»Ich bin gerade sehr beschäftigt. Geh bitte, ja?«, drang es dumpf durch die Tür. Sie wechselte zu einer niederbeugenden Liebenswürdigkeit, als spräche sie mit einem kranken Kind: »B-is ba-ld.«

»Du kannst sehr nett sein, Unverschämte. Darin bist du gut. Erinnere dich doch einfach einmal daran, dann fällt es dir leichter. Ich habe einen Brief für dich. Von Harry.«

»Du bluffst.«

Ich schwieg.

»Schieb ihn durch die Tür.«

Ich kniete mich auf ihren Fußabtreter und überlegte, ob das jetzt ein Symbol war. Dann kramte ich in meiner Jacketttasche und schob den Brief durch den schmalen Schlitz.

»Du könntest mir einen Brandy anbieten.«

Ich hörte den Lift singen, eine Lüftung, Schritte und Stimmen aus der Ferne. Von der anderen Seite hörte ich nichts.

»Kann ich Ihnen helfen?« Die Stimmen waren nähergekommen. Sie gehörten diesem Langweiler-Ehepaar, das ich gestern auf Harrys Begräbnisfeier gesehen hatte. Ihr zurückhaltendes Schwarz war einer Abendgarderobe auf LSD gewichen. Die Frau hatte ihr Haar am Oberkopf albern auftoupiert. Der Mann nestelte nach seiner Brille und setzte das Matterhorn auf die Nase.

»Sie haben aber eine fabelhafte Tapete an. Selbst gestrichen?«, fragte ich höflich. »Alles in Ordnung. Ich habe hier nur einen kleinen Disput mit meiner Frau. Sie bevorzugt es, ihn durch eine Tür zu führen.«

»Ich bin nicht seine Frau«, vernahmen wir von innen.

»Brauchen Sie Hilfe, Gnädigste?«, kam es besorgt unter der Hornbrille hervor.

»Wenn mich noch ein einziges Mal ein Mann fragt, ob ich Hilfe brauche, erschieße ich ihn«, schickte Eva ihre Liebenswürdigkeit durch die Tür.

Die beiden Zeitgenossen setzten ein konsterniertes Gesicht auf und zogen beleidigt ab.

»Brandy«, erinnerte ich Eva, als sie weg waren.

Ich hörte den Brief rascheln und ihr Seufzen. Nach minutenlanger Stille sprach sie: »Stimmt es, dass Harry zuletzt hier im Hotel gewohnt hat?«

»Sitzt du?«

»Das ist doch jetzt völlig egal. Ja.«

»Das ist schön. Dann sitzen wir endlich einander gegenüber und führen ein Gespräch.«

Ich lehnte meinen Rücken an Evas Tür und streckte meine Beine Richtung Hotelflur aus.

»Harry wurde 1954 in den Staaten pensioniert. Sie haben ihm den Abschied mit einem Batzen Geld versüßt. Was meinst du, wo er die Dollars am liebsten ausgeben wollte? Seinen Lebensabend hat er da verbracht, wo du jetzt bist. In Zimmer 106.«

Ich hörte sie tief atmen, aufstehen und dann das Geräusch eines Siphons.

»Brandy oder Whisky?«

»Soda. Pur.«

»Wie verkommen. Was ist aus dir geworden, seitdem du mir unbekannt bist?«

Sie kam zurück. Ich spürte sie jetzt nah.

»Harry hat mir noch einen großen Gefallen getan kurz nach seiner Abreise«, sagte sie leise. »Als Kommandeur in Fort Lewis.«

»Ihr hattet Kontakt?«

»Er hat meinen Mann in Südamerika ausfindig gemacht, meinen Ex-Mann. Mit Geheimdiensten und seiner Army. Harry hat ihn den deutschen Behörden übergeben. Er sitzt in Berlin, in Moabit. Leider nicht mehr lange.«

»Wo lebst du eigentlich?«

»Wieder in München.«

»Wieder?«

»Du solltest jetzt gehen. Du weißt doch, dass es in meiner Nähe gefährlich ist.«

In diesem Moment schwebte über den Flur ein Engel auf mich zu. Mit einem weißen Heiligenschein um den Kopf. Er schnaufte näher, stellte mir eine Flasche Brandy vor die Füße, ein Wasserglas und Soda. Ich schaute ihn fragend an.

»Ich mache jetzt auch Nachtdienste.«

»Was ist passiert, Herr Franz? Gehen die Geschäfte nicht mehr so gut?«

Wortlos trug das Faktotum des Österreichischen Hofes seine weiße Haarpracht davon. Am Ende des Flurs rief er mir etwas zu, ohne sich noch einmal umzudrehen: »Geschäfte gibt's schon lange ned mehr. Und scho goar kane guaten.«

Ich goss mir einen Brandy ein. Pur. Holte das Foto aus meiner Brusttasche.

»So, Unbekannte. Auf diese Antwort habe ich 15 Jahre gewartet. Vergiss nicht, du sprichst mit einem Fremden. Da ist das einfach. Lass dir ruhig noch einen Moment Zeit. Danach erzählst du mir, was das mit diesen Fotos damals war und mit Betty Steinhart.«

Ich schob ihr das Bild durch den Türschlitz.

»Bei der Gelegenheit freut es mich zu erfahren, wer die Kerle sind, die hier um deinen Bruder herumstehen, während er mir eine reinhaut und dafür sorgt, dass ich für ein paar Jahre von der Bildfläche verschwinde. Dich wirst du ja erkennen.«

»Dieses Foto hat nichts mit Betty Steinhart zu tun.«

»Was hat denn mit Betty Steinhart zu tun?«

»Ach Max, du kennst mich nicht. Wenn du mich kennen würdest, würdest du mich verachten.«

»Ganz bestimmt. Hör zu, Unvermeidliche, ich bin jetzt bereit für eine Verkettung glücklicher Umstände. Mach die Tür auf. Wir trinken einen und unterhalten uns wie erwachsene Menschen.«

Da erhob sie sich. Ihr Schlüssel rumorte im Schloss. Ich tat es ihr nach und griff auf die Klinke. Als ich begriff, dass Eva gerade abgeschlossen und ihr Zimmer vorher die ganze Zeit offen gestanden hatte, wurde ich wütend. Ich schlug mit der Faust an die Tür und presste hindurch: »Warum hast du mich auf Betty Steinhart angesetzt?!«

Stille.

Ich fluchte, ging herum und setzte mich wieder vor Evas Tür.

»Ich habe ihr etwas angetan«, kam es dünn durch das Holz, »wir alle haben das.«

Ich setzte mich aufrecht hin und lauschte. Dieser Augenblick würde wahrscheinlich nie wiederkommen. Ich kenne keinen Menschen, der so langsam ist wie Eva. So einsilbig. Wenn es um sie geht, um ihre Gefühle. Ich habe lange gebraucht, um zu verstehen, warum. Sie hatte keine Sprache dafür.

»Kannst du dich erinnern, was ich dir über Bettys Anfänge im Atelier gesagt habe?«, fragte sie mit etwas mehr Kraft in der Stimme.

»Gar nicht.«

»Du hast mir nicht zugehört damals. Sonst hättest du mich gefragt, woher ich all diese Details aus dem Atelier Ellinger weiß. Betty war meine Chefin ...«

Servierte sie wieder irgendeine neue Version von sich? Ich musste auf die Details achten.

»... zuerst meine Kollegin. Wir wurden richtig gute Freundinnen. Eines Morgens war ich vor allen anderen im Atelier. Es lag noch ihr Retuschekoffer da, mit dem sie abends immer geübt hat. Ich weiß bis heute nicht, warum, ich habe ihn verschwinden lassen. Herr Ellinger war tief enttäuscht und hat ihr eine Zeit lang nicht mehr vertraut. Ich habe sie viel getröstet in diesen Wochen.«

»Na bitte, dann war das doch erledigt.«

»Eben nicht. Als der Koffer eines Tages wieder an seinem Platz stand, lächelte Herr Ellinger nur und sagte kein Wort. Er zog bald danach in den Krieg, den Ersten. Wir nahmen alle an, dass einer der Männer das Atelier inzwischen führen würde. Er wählte Betty. Sie war gerade 22 geworden. Ich war krank vor – – «

»Warte!«, zerschnitt ich ihren Satz. Ich war aufgesprungen.

»Max, was ist los?«

»Keine Fragen. Geh zu deinem Telefon und zieh den Stecker raus.«

»Was?«

»Mach, was ich sage. Und dann tastest du unter den Fensterbrettern und Tischen, ob du etwas spürst, was da nicht hingehört.«

Ich betrachtete den Sender, den ich beim achtlosen Spielen mit der Brandy-Flasche im Korken gefunden hatte. Franz, der miese Taschenspieler, den würde ich kriegen! Aber das hatte Zeit.

»Da ist nichts«, kam es von Eva zurück.

Ich zertrat Franzens Spion und bat Eva, das Radio einzuschalten.

»Immer noch im Ganoven-Fach?«

»Nicht ablenken, Unerhörte, du wolltest mir etwas erzählen.«

»Ja. Spürst du eigentlich, wo ich sitze?«

»Nicht ablenken!« Jetzt ließ sie ihre Grübchen spielen, da war ich mir sicher. Es knisterte, raschelte, dann hörte ich wieder ihre Stimme.

»Eines Tages erklärte uns Betty, dass Herr Ellinger auswandern würde. Und sie werde das Geschäft übernehmen. Ich tat, als würde ich es ihr gönnen. Zuerst freute ich mich auch. Wie mutig sie war! Mitten im Krieg. Niemand investierte mehr in irgendetwas. Ich hab sie jahrelang boykottiert. Nachmittags holte ich ihr ein Eis aus dem Café Bazar. Ich war das falscheste Miststück seit der Schlange im Paradies. Aber nichts konnte ihr etwas anhaben. Die Rettung kam polternd in unser Gassenlokal, in Gestalt eines strammen Deutschen. Dem konnten die Ausarbeitungen nicht teuer genug sein. Ich griff zu. Wir heirateten, und ich verschwand mit ihm nach München. Betty steuerte da gerade auf den Höhepunkt ihres Erfolgs zu.«

»Gut. Du hattest schon immer nicht mehr Moral als eine Katze. Aber dafür kommt man nicht in die Hölle, Unverfrorene. Sonst wäre dort seit Jahrhunderten Aufnahmestopp. Was genau hattest du mit den Hakenkreuzlern zu tun?«

»Gar nichts. Mein Mann wurde zwei Jahre später nach Salzburg versetzt, um hier mehr ›Zack‹ in die Gestapo zu bringen, wie er das immer nannte. Wir ergatterten eine Wohnung im Schloss Leopoldskron. Die waren sehr beliebt bei den Deutschen. Max, ich habe Reinhardt bewundert und hatte keine Skrupel, an seinem Tisch zu sitzen, von seinen Tellern zu essen, in seinem Bett zu liegen, nachdem sie ihn vollkommen ausgeraubt und aus dem Land gejagt hatten.«

»Das musst du mit dir ausmachen. Warst du in der Partei?«

»Ja. Und ich habe mich amüsiert, schwamm immer oben, während du ...«

»Über mich reden wir jetzt nicht.«

»Wie du willst. Kaum waren wir in Salzburg, habe ich meinem Mann gesteckt, dass die Besitzerin des Atelier Ellinger die engsten Kontakte zu Max Reinhardt und all den anderen Juden der Festspiele hatte. Ihr wurde sofort die Akkreditierung für sämtliche Presseaufnahmen in der Stadt entzogen, auch für die Festspiele. Was dann mit ihr war, weiß ich nicht. Ich habe sie niemals auf irgendwelchen Empfängen gesehen. Wir sind einander nicht einmal zufällig begegnet, was seltsam ist in so einer kleinen Stadt. Ich las von ihr in der Zeitung. Mal suchte sie eine neue Angestellte, mal stand unter dem Foto vom Bau der neuen Reichsautobahn ›Teleskop-Aufnahme: Ellinger‹. Ich war sicher hundertmal an ihrem Schaukasten unter dem Rathausbogen vorbeigegangen. Aber eines Tages ärgerte mich der besonders. Darin waren Hochzeitsbilder. Aber nicht diese langweiligen Atelieraufnahmen. Das Paar saß in einer Kutsche und lächelte das ganze Glück dieser Welt. Wie ein Schnappschuss. Technisch brillant. Da ich zu feige war, das Glas der Auslage zu zerschlagen, gab ich meinem Mann einen Tipp. Er sollte doch mal die Wohnungen über dem Atelier Ellinger überprüfen. Mir war, als hätte ich beim Vorbeigehen durch das offene Fenster einen Feindsender gehört.«

»Woher dieser Hass, Eva?«

»Ich weiß es nicht. Ich fühlte mich im Recht. Ich schäme mich so.«

»Wann hat das begonnen?«

»Was?«

»Die Scham.«

»Spät. In der Haft bei den Russen. Aber auch da erst nach ein paar Monaten. Als hätte jemand einen Vorhang weggerissen, wurde mir auf einmal mein vertanes Leben klar. Ich wurde zu meinem eigenen Verhöroffizier und ging alles immer wieder durch. Ich habe mich nicht geschont.«

Sie zündete sich eine Zigarette an.

»Hast du noch genug?«, fragte ich sie.

»Charmanter Versuch. Weißt du, dass ich diesen Karl-Heinz Rothmayer aufgesucht habe, den mein Mann auf Betty und ihre Freunde angesetzt hatte? Er heißt jetzt Peter Garden, singt Schlager und hat eine eigene Fernsehshow in Deutschland.«

»Was hat das alles mit mir zu tun?«

Eva sog tief Luft in ihre Lunge und stieß sie langsam wieder aus.

»Du warst genau der Richtige. Mit einer wirklichen Nähe zu den neuen Mächtigen. Du solltest herausbekommen, was ich sie wissen lassen wollte. Was Betty Steinhart geleistet hat für Salzburg, für die Festspiele, die Kunst. Dass ihr Name unter ihren Bildern stehen sollte, die überall veröffentlicht werden. Und nicht der von Carl Ellinger. Warte mal.«

Nach zwei, drei Minuten schob sie mir etwas durch den Türschlitz.

»Du kannst es ruhig lesen.«

Ich zog ein Telegramm auf vergilbtem Papier aus dem Kuvert.

brief erhalten + stop + mit allem einverstanden + stop + wer wenn nicht sie + stop + als mein nachfolger + stop + eva im auge halten + stop + gefährlich! + stop +

»Betty hat dieses Schreiben von Herrn Ellinger nie erhalten. Ich habe es abgefangen. Würdest du es ihr geben? Sie wird von allein daraufkommen wer ihr alles angetan hat.«

»Geh selbst zu ihr und erleichtere dein Gewissen. Es geht ihr gut. Ich bin nicht oft in Salzburg, aber wenn, dann besuche ich das Atelier. Ihre Tochter führt jetzt das Geschäft. Die nennen auch alle ›Frau Ellinger‹. Dauernd kommt es zu Verwechslungen. Betty ist noch immer fast jeden Tag vorm Samtvorhang. Echte Bühnenpräsenz. Ihre Bilder sind Raritäten unter den Sammlern.«

»Hat sie verziehen?«

»Es gab härtere Schicksale. Ich denke, sie weiß das. Sie hat sich damit bestimmt nicht aufgehalten. Auf mich macht sie nicht gerade einen verbitterten Eindruck.«

»Kannst du mir verzeihen?«

»Was genau? Warum hast du so getan, als würdest du mich nicht erkennen? Gestern, im Toskanahof.«

»Gestern? Ach, das ist so lange her. Ich weiß es nicht mehr.«

Mein Schweigen in Total-Kapitulation unterbrach sie nach einem Moment.

»Ich wollte dir noch das Autofahren beibringen.«

»Du hast viel behauptet über dich.«

»Max?«

»Ja.«

»Kommst du mal ein bisschen näher? Kannst du deine Hand auf die Tür legen? So hier unten ungefähr?«

»Ich sehe nicht, wo dein unten ungefähr ist.« Ich rückte an die Tür. So nah, dass mir der süße Geruch von Lack in die Nase stieg. Meine flache Hand hielt ich an das Holz.

»Hast du mir verziehen?«

»Ich habe mir verziehen. Alles andere vergeht.«

»Bist du verheiratet?«

»Seltsame Frage für ein Geschoss deines Kalibers. Ich wollte nie. Ich kann die Frauen von Gaunern nicht leiden. Aber Therese ... Sie ist so – reinen Herzens. Wir sind geschieden. Wollen wir nicht doch in deinem Zimmer weiterreden?«

»Nein. Ich will, dass du mich so in Erinnerung behältst. Wie damals.«

»Wie machen wir das in Zukunft? Stehen wir auf zwei unterschiedlichen Seiten einer Hoteltür und küssen ihre Farbe?«

»Ja.«

»Und wenn du mich dann betrügst, steigen deine Liebhaber hier über mich hinweg?«

»Ich betrüge dich nicht.«

»Wenn wir Ausflüge machen, zum Attersee oder in die Krimmler Tauern, kannst du ja eine große Sonnenbrille aufsetzen.«

»Vergiss es, ich werde das hier niemals mehr verlassen.«

»Ich hab dich bei unserer allerersten Begegnung erkannt, Eva.«

»Ich dich schon vorher. Du würdest niemals sagen, dass du mich liebst, oder?«

»Niemals.«

»Man ist nie sicher, wenn man liebt.«

»Das ist so, ja. Vielleicht sind wir beide zu feige dafür.«

»Du nicht.«

Alle Schwere, alles, was wir getan und nicht getan hatten, wich von uns. Durch das Gangfenster sah ich einen Himmel, der keine Lust mehr auf Untergang hatte. Ich brauchte nichts mehr. Nichts von Eva und nichts von dieser Welt. Kurz bevor ich in den Lift stieg, öffnete sich die Tür von Zimmer 106. Kaum hörbar. Es war der Tag, von dem an ich mich nicht mehr umblickte.

Betty Steinhart, um 1910

LIEBE LESERIN, LIEBER LESER,

diese Geschichte ist Fiktion, die mysteriöse Eva und den Privatdetektiv Max hat es nie gegeben. Dennoch erzählt dieser Krimi Noir ein Stück österreichische Zeitgeschichte, die sich vor der Kulisse der Festspielstadt Salzburg entfaltet. Einer Geschichte, die sich auf die Spur einer Frau begibt, deren Leben zwar kein Krimi, aber in vielerlei Hinsicht bemerkenswert war: jenes der Fotografin Betty Steinhart.

1916 übernahm sie, mitten im Ersten Weltkrieg und gerade einmal 24 Jahre alt, das renommierte Fotoatelier Ellinger in der Salzburger Schwarzstraße, dessen Besitzer Carl Ellinger einberufen worden war. Allein das war schon außergewöhnlich, zumal Frauen damals vom wirtschaftlichen und politischen Leben weitgehend ausgeschlossen waren.

Carl Ellinger sollte nie wieder zurückkehren, er emigrierte nach Kanada. Zurück blieb sein Name, mit dem die meisten Fotografien, die in der Zwischenkriegszeit unter der neuen Besitzerin entstanden, signiert wurden. »Photo Ellinger«: Das stand in den 1920ern und 1930ern für einen neuen, unmittelbaren Stil, für künstlerischen Mut, das Spiel mit Licht und Bewegung. Raus aus der formalen Enge des Ateliers, hin zu einem geschärften Blick für Beiläufiges, die spontane Momentaufnahme – und damit hin zu den Menschen.

Aufbruch, Moderne, so lautete auch das Credo der 1920 von Max Reinhardt ins Leben gerufenen Salzburger Festspiele, die Betty Steinhart und ihr Atelier von Anbeginn dokumentiert haben. Auch hier steht das Fotostudio für Avantgarde, holt neben der klassischen Fotografie von Theaterinszenierungen und Schauspielern die Hinterbühne, das Private vor die Linse. Noch immer aktuell wirken diese Aufnahmen der großen Stars der frühen Festspielära der 1920er- und 1930er-Jahre, von Marlene Dietrich im Café Bazar, Max Reinhardt während der Proben in der »Faust-Stadt«, Paula Wessely in der Salzburger Altstadt, von all den inszenierten und zufälligen Beiläufigkeiten abseits des öffentlichen Blicks.

Die meisten dieser ikonischen Fotografien trugen jedoch weiterhin den Stempel »Photo Ellinger« bzw. »Atelier Ellinger«. Wohl ein Hauptgrund, warum die Erinnerung an Betty Steinhart und ihr Vermächtnis rasch verblasste. Zurück blieb ein Rätsel: Warum fanden sich in den Archiven Ellinger-Fotografien, die erst Jahre nach dem Verschwinden von Carl Ellinger entstanden waren?

Beate Thalberg hat sich auf die Spur dieses Rätsels gemacht und nach der Geschichte des Salzburger Fotoateliers und jener von Betty Steinhart gefahndet. Das Geheimnis um diese Fotografien rückte die Regisseurin und Drehbuchautorin in den Mittelpunkt ihrer Film-Noir-Serie »Die Doppelte Frau«, die 2021 auf ORF.at erstmals ausgestrahlt wurde. Eine faszinierende Mischung aus Realität und Fiktion, die, wie auch dieses Buch, auf akribischer Recherche gründet.

Real ist abseits von Eva und Max ein Teil des Personals dieser Erzählung. Als handelnde Akteure haben sich diese historischen Persönlichkeiten in die Krimi-Story eingeschlichen:

Harry J. Collins (1895–1963), Kommandeur der legendären *Rainbow Division* der US-Army, befreite 1945 das Konzentrationslager Dachau und war ab August 1945 Militärkommandant von Salzburg, ab 1946 zwei Jahre lang Militärgouverneur der US-Truppen in Österreich. Der überaus selbstbewusste General legte Wert auf den effektvollen Auftritt, was ihm den Rufnamen »Hollywood Harry« eintrug. So ließ er sich in seinem Dienstwagen samt Motorrad-Eskorte, Sirenen und Warnleuchten durch die Straßen kutschieren. Regeln, so es nicht die seinen waren, schien er eher locker genommen zu haben. Dennoch hat er sich um die Versorgung der Bevölkerung unmittelbar nach dem Ende des Zweiten Weltkriegs verdient gemacht. 1949 heiratete er eine Salzburgerin und lebte die Jahre vor seinem Tod hauptsächlich in Salzburg.

Der Komponist und Dirigent **Bernhard Paumgartner** (1887–1971) war ein unermüdlicher Förderer der klassischen Musik und eine der prägenden Figuren des kulturellen Lebens in der Stadt. 1917 zum Direktor des Konservatoriums Mozarteum berufen, war er an der Gründung der Festspiele beteiligt. Nach dem »Anschluss« im März 1938 entlassen, verbrachte er die Kriegsjahre in Italien und in der Schweiz. Nach 1945 kehrte er ans Mozarteum zurück und wurde Präsident des Direktoriums der Festspiele.

Bettys Bruder **Anton Steinhart** (1889–1964) trat 1922 in das Unternehmen ein. Der Maler und Grafiker war selbst im Atelier als Fotograf tätig, von seiner Hand entstanden zahlreiche Skizzen und Federzeichnungen von Aufführungen der Festspiele. Steinhart war ab 1938 Mitglied der NSDAP und dokumentierte in den ersten Monaten nach Hitlers Einmarsch in Österreich die veränderte Stadt, die mit Hakenkreuzfahnen beflaggten Fassaden, die Begeisterung der Bevölkerung, aber auch die neuen Herren.

»Die Doppelte Frau« ist vor allem im Jahr 1946 angesiedelt. Viele der Schauplätze in Salzburg, etwa das Tanzvarieté Oase, hat es tatsächlich gegeben, die Beschreibungen der jeweiligen Handlungsorte, etwa jene des Ateliers Ellinger, des Café Bazar, der Gassen oder der teils schwer zerstörten Gebäude gründen auf Berichten von Zeitzeuginnen und Zeitzeugen, historischen Aufnahmen oder der Arbeit von Historikerinnen und Historikern. Sie versuchen, ein möglichst reales Bild des Salzburgs der Nachkriegszeit wiederzugeben. Bloß der »Goldzug« kam nicht 1946 in Salzburg an, die Ereignisse sind von einem Zug mit Nazi-Raubgold inspiriert, der im Mai 1945 in Salzburg an die US-Army übergeben wurde.

Die wichtigsten Lebensstationen Betty Steinharts finden Sie im chronologischen Lebenslauf – eine Aneinanderreihung von Daten, die bestenfalls einen Einblick in das bewegte Leben einer Frau geben kann, die sich bereits in jungen Jahren gegen überkommene Traditionen durchgesetzt hat und nicht nur Unternehmerin, sondern Teil der blühenden Festspielkultur unter Max Reinhardt und Arturo Toscanini war. Eine wissenschaftliche Aufarbeitung ihres Werks steht noch aus.

Privat hatte Steinhart mehrere Schicksalsschläge zu meistern. Als ihr erster Mann Franz Hvizdalek 1929 starb, musste sie neben dem Atelierbetrieb zwei Kinder versorgen. Ihr zweiter Mann Max Platter wurde nach dem »Anschluss« seines Dienstes als stellvertretender Polizeidirektor von Salzburg enthoben. Steinhart hatte nun mit den Einkünften aus ihrem Atelier den Großteil des Familieneinkommens zu bestreiten. 1944 wurden sie und ihr Mann wegen des »Abhörens von Feindsendern« denunziert und angeklagt. Während Betty jedoch nach einigen Monaten Haft freikam, wurde Max Platter wegen »Vorbereitung zum Hochverrat« zu fünf Jahren Zuchthaus ver-

Die Fotoatelier-Besitzerin im Jahr 1924

Betty Steinhart, gleich vis-à-vis des Ateliers

urteilt. Zwei der »Mitverschwörer« wurden von der NS-Justiz zum Tode verurteilt und ermordet. Platter ging gegen Ende des Zweiten Weltkriegs frei.

Ab 1945 führte die Geschäftsfrau, die in Salzburg vielen als »Frau Ellinger« bekannt war, das Unternehmen weiter. 1979 wurde Photo Ellinger in der Schwarzstraße 11 aufgelöst. Knapp 60 Jahre lang hatte das Atelier die Festspiele, seine Gäste, Künstlerinnen und Künstler sowie die Salzburger Gesellschaft porträtiert. Im gleichen Jahr verstarb Betty Steinhart im Alter von 87 Jahren.

Dass ihr Werk und ihre Urheberschaft nun vor den Vorhang geholt wurden, ist neben Beate Thalberg vor allem Steinharts Enkelin Susanne Gordon zu verdanken, die die privaten Bilder und Unterlagen des Fotostudios für die Nachwelt bewahrt hat.

Dank gebührt nicht zuletzt den Salzburger Festspielen, in deren Archiv ein Teil dieser zeithistorischen Dokumente Eingang gefunden hat, der so einer breiten Öffentlichkeit zugänglich gemacht wird. Ohne die Arbeit dieser Menschen gäbe es dieses Buch nicht – und die Geschichte der Betty Steinhart.

Stefan Schlögl, Molden Verlag

Die junge Fotografin im »Kopierkammerl« des Fotostudios

Betty Steinhart im Verkaufsraum von Photo Ellinger

BIOGRAFIE BETTY STEINHART

Geb. Barbara Steinhart (damals Steinhardt), verheiratete Hvizdalek, verheiratete Platter

1892	Geboren am 5. Mai in Salzburg
1898	Bürgerschule in Salzburg, danach Handelsschule
1907	Anstellung als »Comptoiristin« und Verkäuferin in der photographischen Abteilung der Hofapotheke Salzburg
1909	Anstellung als »Empfangsdame« bei Carl Ellinger, Schwarzstraße, Salzburger k.u.k. Hof- und Kammer-Photograph
1914	Interimistische Geschäftsführerin im Atelier Ellinger
1916	Kauf des Ateliers »Photo Ellinger« (Name wird beibehalten)
1919	Hochzeit mit Franz Hvizdalek
1921	Geburt des ersten Kindes
1922	Geburt des zweiten Kindes
	Änderung des Unternehmens in eine Offene Handelsgesellschaft (OHG), Betty Steinharts Bruder Anton wird zweiter Gesellschafter

1929 Tod Franz Hvizdalek

1931 Hochzeit mit Max Platter, stv. Polizeidirektor von Salzburg

1938 Platter wird nach dem »Anschluss« ohne Bezüge in den Ruhestand zwangsversetzt, die Familie muss ihr Leben aus den Einkünften des Ateliers seiner Frau bestreiten

1944 Verhaftung wegen sogenannten »Abhörens von Feindsendern«, Entlassung von Betty Steinhart aus der U-Haft der Gestapo am 24. Juli

Eintritt der Tochter Ruth Hvizdalek (später Oberhofer) ins Atelier, vorerst als Lehrling. Wegen der Verhaftung ihrer Eltern muss Ruth ihre Ausbildung in der Graphischen Lehr- und Versuchsanstalt in Wien abbrechen

1945 Befreiung von Max Platter aus dem Gefängnis Straubing durch das Military Government of Germany

1946 Ernennung Max Platters zum Rat des Verfassungsgerichtshofs der Republik Österreich

1956 Austritt Anton Steinhart, Eintritt Ruth Oberhofer als Gesellschafterin der OHG

1957 Tod Max Platter

1971 Rücktritt Betty Steinharts als Gesellschafterin

1979 Auflösung von Photo Ellinger

Betty Steinhart stirbt am 14. September in Salzburg

BILDLEGENDEN UND -NACHWEIS

COVER Filmszene aus »Pitfall« (1948) mit Lizabeth Scott (Ausschnitt). Everett Collection / picturedesk.com

S. 4 Der »Tod« aus dem »Jedermann« während einer Pause, um 1932. Photo Ellinger / Archiv der Salzburger Festspiele (ASF) / brandstaetter images / picturedesk.com

S. 11 (li.) Max Reinhardt mit Paula Wessely als »Gretchen« bei einer Probe zu »Faust« in der Felsenreitschule bei den Salzburger Festspielen, 1936. Photo Ellinger / ASF / brandstaetter images / picturedesk.com

S. 11 (re.) Filmdiva Marlene Dietrich mit ihrem Gatten Rudolf Sieber (re. mit Zeitung), Salzburg 1936. Archiv der Salzburger Festspiele, Photo Ellinger

S. 12 (o.) Probenfoto von »Faust«, Felsenreitschule, Festspiele 1933. Photo Ellinger / ASF / brandstaetter images / picturedesk.com

S. 12 (u.) Die Tänzerin, Schauspielerin und Choreografin Grete Wiesenthal in Richard Billingers »Perchtenspiel«, 1928. Archiv der Salzburger Festspiele, Photo Ellinger

S. 13 (o.) Kurt von Lessen als »Tod« und Attila Hörbiger als »Jedermann«. Gestelltes Kostümfoto, Salzburger Festspiele 1935. Photo Ellinger / ASF / brandstaetter images / picturedesk.com

S. 13 (u.) Arturo Toscanini dirigiert die Wiener Philharmoniker bei den Festspielen 1935. Photo Ellinger / ASF / brandstaetter images / picturedesk.com

S. 20 Das Atelier Carl Ellinger in der Schwarzstraße mit dem charakteristischen Tageslichtstudio über dem Verkaufsraum, um 1909. Archiv Susanne Gordon

S. 24 (li.) Die Schauspielerin Johanna Terwin als »Buhlschaft« bei den Festspielen 1920. Photo Ellinger / ASF / brandstaetter images / picturedesk.com

S. 24 (re.) Wilhelm Dieterle als »König« in »Das Salzburger große Welttheater« im Salzburger Festspielhaus, Festspiele 1925. Photo Ellinger / ASF / brandstaetter images / picturedesk.com

S. 25 (li.) Lili Darvas als »Die guten Werke« in »Jedermann« bei den Festspielen 1926. Photo Ellinger / ASF / brandstaetter images / picturedesk.com

S. 25 (u.) Helene Thimig als »Glaube« bei den Festspielen 1927. Photo Ellinger / ASF / brandstaetter images / picturedesk.com

S. 25 (re.) Die US-amerikanische Schauspielerin Rosamond Pinchot in Max Reinhardts Mittelalter-Spektakel »Das Mirakel«, 1925. Archiv der Salzburger Festspiele, Photo Ellinger

S. 29 Max Reinhardt auf einer Probe zu »Jedermann« am Domplatz im Juli 1930. Der Fotograf rechts wird in vielen Bildbeschreibungen fälschlicherweise als Carl Ellinger ausgewiesen. Photo Ellinger / ASF / brandstaetter images / picturedesk.com

S. 35 Max Reinhardt hatte die Millionärstochter Rosamond Pinchot zum umjubelten Schauspielstar gemacht. Mitte der 1920er gehörte sie zur Entourage des Regisseurs. Archiv der Salzburger Festspiele, Photo Ellinger

S. 51 Ewald Balser und Paula Wessely bei einer Probe des »Faust« in der Felsenreitschule bei den Festspielen, 1933. Photo Ellinger / ASF / brandstaetter images / picturedesk.com

S. 52 Ausschnitt eines Fotos vom Publikum einer Festspiel-Aufführung von Mozarts »Die Entführung aus dem Serail« im Salzburger Landestheater, 14.8.1939. Photo Ellinger / ASF / brandstaetter images / picturedesk.com

S. 74 Der Stummfilm-Star Lil Dagover wurde 1931 für die Festspiele entdeckt. Archiv der Salzburger Festspiele, Photo Ellinger

S. 105 Die Tänzerin, Choreographin und Opernregisseurin Margarete Wallmann und Dirigent Bruno Walter bei einer Probe zu »Orpheus und Eurydike«, Festspiele 1931. Archiv der Salzburger Festspiele, Photo Ellinger

S. 106/107 Die Diapositive zeigen Marlene Dietrich in einem der Salzburger Cafés, 1936. Archiv der Salzburger Festspiele, Photo Ellinger

S. 108 Festspiel-Empfang in der Alten Residenz, 1937. Archiv der Salzburger Festspiele, Photo Ellinger

S. 132 (o.) Salzburg, 1939: Reichsinnenminister Wilhelm Frick gibt einen Empfang auf Schloss Leopoldskron. Photo Ellinger / ASF / brandstaetter images / picturedesk.com

S. 132 (u.) Hans Moser und Grete Wiesenthal bei einer Probe zu »Der Bürger als Edelmann«, 1939. Archiv der Salzburger Festspiele, Photo Ellinger

S. 155 Sigmund Freud mit seinen beiden Söhnen, ca. 1916, fotografiert im Studio von Carl Ellinger. Photo Ellinger / ASF / brandstaetter images / picturedesk.com

S. 162 Marlene Dietrich in der Salzburger Altstadt, 1937. Photo Ellinger / ASF / brandstaetter images / picturedesk.com

S. 174, 179, 180, 182, 183 Archiv Susanne Gordon

S. 188 ORF

AUFMERKSAME CINEASTINNEN UND CINEASTEN HABEN IM BUCH SICHER DAS EIN ODER ANDERE WÖRTLICHE ZITAT ENTDECKT. HIER SIND DIE QUELLEN:

»Man muss dem Leben immer um einen Whisky voraus sein.«
Humphrey Bogart, privat zugeschrieben

»Mit Ihrem Aussehen und meinem Hirn schaffen wir alles.«
»The Postman Always Rings Twice / Wenn der Postmann zweimal klingelt« (1981), Drehbuch: David Mamet

»Was Sie da in meinem Gesicht sehen, ist Charakter. Es hat mich viele schlaflose Nächte und noch mehr Drinks gekostet.«
Humphrey Bogart, privat zugeschrieben

»Das sind schöne Worte. Loyalität und Anstand. Aber Worte haben noch nie irgendjemanden satt gemacht.«
»Shakedown / Ohne Skrupel« (1950), Drehbuch: Alfred Lewis Levitt, Martin Goldsmith

»Ja, vielleicht ist sie ein guter Mensch, und vielleicht sind nächste Weihnachten im Juli.«
»Brute Force / Zelle 17« (1947), Drehbuch: Richard Brooks

»Ich will, dass Sie mich jetzt küssen. Mit einem dieser Lügnerküsse, der so tut, als hätten Sie sich in mich verliebt, und etwas ganz anderes meint.«
»Kiss Me Deadly / Rattennest« (1955), Drehbuch: Albert Isaac Bezzerides

»Ich hätte nicht von Scotch zu Martinis wechseln sollen.«
Humphrey Bogart, privat zugeschrieben

»Normalerweise widerspreche ich einer Frau nicht. Ich warte, bis sie es selbst tut.«
Humphrey Bogart, privat zugeschrieben

»Wir sind doch beide schon begraben, nicht wahr? Das Blöde ist nur, wir leben noch.«
»Out of the Past / Goldenes Gift« (1947), Drehbuch: Daniel Mainwaring, Frank Fenton, James M. Cain

»Mach so weiter, und sie werden bald ein paar Kugeln aus deiner Leber fischen.«
(im Original: Blei aus der Leber fischen) »The Maltese Falcon / Die Spur des Falken« (1941), Drehbuch: John Huston

»Sie sind wie alle Männer. Sogar noch ein bisschen mehr.«
»D.O.A. / Opfer der Unterwelt« (1950), Drehbuch: Russell Rouse, Clarence Greene

»Ach, das ist so lange her. Ich weiß es nicht mehr.«
»Casablanca« (1942), Drehbuch: Julius J. Epstein, Philip G. Epstein, Howard Koch. Das Zitat wurde abgewandelt.

DANK

Ich danke dem Molden Verlag für sein Vertrauen in eine Debütantin. Insbesondere Stefan Schlögl, der die Idee zu diesem Buch hatte und mich bei allem mit Hingabe ans Werk unterstützt hat. Großer Dank gilt Susanne Gordon, der Enkelin von Betty Steinhart, mit der ich drei Jahre lang über ihre Großmutter reden konnte und die unermüdlich Material gesichert hat. Herzlichen Dank für die wunderbaren Graphic Novels an Lily Ammann, ihren feinen Strich und ihre Genre-Sicherheit. Teresa Profanter hat den Text mit großer Sorgfalt lektoriert, dafür bin ich sehr dankbar.

Für die große Unterstützung danke ich den Salzburger Festspielen, dem Direktorium und Mitarbeiterinnen des Archivs. Besonderen Dank an Fotografie-Expertin Lisa Ortner-Kreil und die Historiker Florian Wenninger und Johannes Hofinger. Dankbar bin ich meiner Wahlfamilie; besonders Herbert Grunsky, Ric Maréchal und Philipp Karner haben das Werden dieses Buches unterstützt. Nicht zuletzt danke ich meiner Schwester Petra, die mir das Schreiben beigebracht hat.

Beate Thalberg

Der Molden Verlag bedankt sich beim ORF, Gerald Heidegger (ORF.at), den Salzburger Festspielen und dem Archiv der Salzburger Festspiele, namentlich Margarethe Lasinger, Susanne Anders und Victoria Morino, sowie bei Susanne Gordon.

HAT IHNEN DIESER KRIMI NOIR GEFALLEN?

Dann freuen wir uns über Ihre Weiterempfehlung! Und erzählen Sie davon. Ihren Freundinnen und Freunden, Ihrer Buchhändlerin oder Ihrem Buchhändler. Weil jede gute Geschichte davon lebt, weitergetragen zu werden.

/StyriaBuchverlage
#diedoppeltefrau
#salzburgcrime
#bettysteinhart
#photoellinger
#moldengeschichte
#moldenverlag

Wollen Sie weitere Informationen zu unserem Programm? Möchten Sie mit der Autorin in Kontakt treten? Wir freuen uns auf Austausch und Anregung unter **post@styriabooks.at**

Inspiration, Geschenkideen und
gute Geschichten finden Sie auf
www.styriabooks.at

STYRIA
BUCHVERLAGE

Bücher aus der Verlagsgruppe Styria gibt
es in jeder Buchhandlung und im
Online-Shop **www.styriabooks.at**

Let's Fritz! MOLDEN VERLAG seit 1964
Komm auf unsere Seiten

ISBN 978-3-222-15121-7

Projektleitung, Lektorat: Stefan Schlögl
Lektorat, Korrektorat: Teresa Profanter
Graphic Novels: Lily Ammann
Umschlag, Layout, Satz: Buero Blank – branding & design
Herstellungsleitung: Franz Schaffer

Druck und Bindung: Florjančič, Maribor
Printed in the EU

7 6 5 4 3 2 1

Dieses Buch wurde finanziell
unterstützt mit Förderungen von

STADT : SALZBURG

LAND SALZBURG

In Zusammenarbeit
mit dem

ORF